前世不運な私、
Zense fuun na watashi,
makikomare tensei de youjo ni naru.
巻き込まれ転生で
幼女になる。
〜平凡だけど、精霊魔法と
優しい家族がいれば
最強だよね？〜
たかた ちひろ
絵 宇田川みぅ

▶シロ
狼の精霊獣。
森を出てリリーと一緒に
旅に出ることを決意した際に、
高位の精霊へと進化。
▶アルバート
リリーの兄。
生まれつき身体が弱いことに
コンプレックスを持っていたが、
リリーの精霊魔法で
驚異的な回復を見せる。
▶リリー
ブラック企業に勤め
美味しいものも食べられず、
旅にも出られなかった人生を後悔。
しかし転生後最強のスキル
【精霊魔法】を手に入れ、
念願だった自由気ままな
スローライフを謳歌することに。

CHARACTERS
マツリ
リリーの同級生。
恵まれた容姿を持ち自分勝手な性格。
聖女として召喚され、
不自由のない人生を歩むが、
心の奥にはある悩みを抱えており…。
ライラット
高身長イケメンの伯爵貴族。
不思議な雰囲気を纏っているが、
実は思い込みの激しい性格。

「じゃ、じゃあ、ぼく、
リリーと一緒に
旅に出られるね!?」
「そうだよ！
一緒に行けるよ！
やったね！」

前世不運な私、巻き込まれ転生で幼女になる。

Zense fuun na watashi, makikomare tensei de youjo ni naru.

～平凡だけど、精霊魔法と優しい家族がいれば最強だよね?～

たかた ちひろ
絵 宇田川みぅ

目次

一章

三月中旬、仕事の帰り道、私・湯本璃々《ゆもとりり》は唐突《とうとつ》に、この世を去ることになった。

それは本当に不運の連鎖《れんさ》だった。朝の星占いはほどほどの順位だったというのに、実際に訪れたのは、十二位を通り越して災厄としか言えない。

そもそものきっかけは、最終電車に乗っていたときの思いがけない出会いだ。

残業で体力をほとんどゼロまですり減らした状態で、酒臭い金曜日の最終電車に揺られていたら、高校と大学の同級生である小松茉莉《こまつまつり》に出くわした。

彼女のことは昔から苦手だった。

まったく話さなかったわけじゃない。むしろ友達の少なかった私にすれば、数少ない話せる子のひとりだった。

だが、私たちの関係は昔から、どこまでいっても対等じゃなかった。

茉莉は、とても容姿《ようし》に恵まれている。その綺麗な顔立ちやスタイルは、男女問わず目を引くし、実際モデル事務所からスカウトも受けていた。

そのうえ、彼女はお金持ちでもあった。父親が会社経営をしているとかで、常に高いブランド品で身を固めていた。

一方の私はといえば、平凡も平凡だ。茉莉の隣に並べば、彼女という花を引き立てるだけの雑草にしかならない。

そして、たぶん茉莉はそれを知ったうえで、私と付き合っていたのだと思う。

直接、口にされたことはないけれど、それくらいは肌感覚で分かる。

友達のように装ってこそいたが、たぶん心の中ではずっと見下され続けてきた。

その証拠に、茉莉は機嫌が悪くなると、私に辛く当たることも多かったし、友達という言葉を盾に、半ば命令を聞かされることもあった。

気の強くなかった私はそれに言い返すようなこともできず、我慢をして、都合よく利用され続けてきた。

正直、苦手で怖さすら覚えていた。

学生のときは、数少ない喋れる相手であり、揉め事にならないように、表面上は友達を続けてきたけれど、もう会いたくない。そして、兵庫から東京に出てきた以上、会うこともない。

そんなふうに思っていたのに、

「……茉莉」

「あ。リリーじゃん～！　まじ久しぶり！　こんなとこで会うとか運命？」

新橋駅から電車に乗り込んですぐのところで遭遇してしまったら、逃げようもない。

しかも、悪いことにどうやら最寄り駅まで同じらしい。結局そのまま、夜道を一緒に歩く羽目になる。

「でね、今日の合コンの男がさぁ、またもうすぐ連絡してくるの。それも五人中五人！　でも、タイプじゃないっていうか〜。もうすぐ春だから出会いに積極的なのかなぁ。あはっ」

もう二十四歳だというのに、高校・大学のときとまったく変わらない話と、その甲高《かんだか》くなる特徴的な笑い声を聞き流しながら、私は愛想《あいそ》笑いを返す。

そうしながら考え巡らせるのは、新商品の開発についてだ。

私の仕事は、いわゆる日用品の商品開発であり、週明けには社内でアイデア出しの企画会議が行われる予定だった。

普段の帰り道なら、仕事のことなど考えない。が、茉莉の話を聞いているよりはよほどましだった。

ただまぁ、こんな状況でいいアイデアが浮かんでくるわけもない。

某国民的漫画みたく、どこへでも行ける扉が目の前に出てきてくれたらいいのに。それさえあれば、すぐに自宅のワンルームまで戻って、夜食にありつけるというのに。

そんな現実逃避をしながら、地面をひたすらに見つめて歩いていたら、それは目端《めはし》に飛び込んできた。

「ちょ、リリー！　なにこれぇ!?　酒のせい？」

「……私にも見えるから違うみたいだよ」

地面に浮かび上がっていたのは、サークル状の白い光だ。

しかも、その内側には細かく、幾何学《きかがく》模様のようなものが刻まれている。しかも、あたりを見回してみても、そのような光を発していそうなものは見当たらない。

「な、なんだろ？　分からないよ、こんなの」

「ちょ、なにそれ？　もう、どうすればいいか考えなさいよ⁉」

茉莉は明らかに焦っていた。私の腕を、強く掴《つか》んで揺すってくる。

追い込まれると丸投げしてくるのが、実に茉莉らしい。

そう思うと心の内に、すっと影がさしてくる。その隙をついたように、その光のサークルは範囲を広げ、私と茉莉を囲んだ。

そのうえで、今度は柱状に変形して、私たちを完全に包み込む。しかも、どういうわけか、まったく身動きが取れなくなっていた。

「まじ？　ありえないでしょ、どういうこと⁉」

「お、落ち着いて？」

「どうやっても落ち着いてられないっての。もう、なんなの、まじ‼」

茉莉はいかにも不機嫌そうに、甲高い声で叫びあげる。

それに答えるようにして、頭の中にぱっと降り注いできた言葉は、『突然失礼しました』という女性の声による謝罪だった。

どうやらそれは茉莉にも聞こえていたらしく、私たちは目を見合わせる。

『私は、ここことは別の世界より来た女神です。今、わたくしたちの世界で、危機を迎えている国があり、〝あなた〟の力を必要としています。どうか、その国の救世主・聖女になっていただきたいのです』

流れ込んできた声に、私は目を丸くせざるをえない。

どこかで見聞きしたことのある展開だ。思い出してみれば、かつて読み込んでいた異世界転移もののファンタジー作品の導入、そっくりそのままである。

これは、いわゆる『聖女召喚《しょうかん》』というやつだ、きっと。かつて読んだ作品では、異世界に転生して、たくさんの人からちやほやされ、最終的にはイケメン王子とくっつく……なんて、夢のようなお話だったっけ。

そんなふうに思い出した頃には、もう声も出せなくなっていた。より眩《まぶ》しくなっていく光の中に足先からゆっくりと飲み込まれていく。

あぁ、これから私はどうなるのだろうか。

ただでさえ人手《ひとで》不足で、残業まみれだった仕事は？　干しっぱなしの洗濯物は？　払い忘れていた公共料金は？　今日の晩酌《ばんしゃく》に買ったうずらの卵の醤油煮は……なんて。

最後の瞬間かもしれないというのに、しょうもないことばかりが頭を駆け巡る。

それだけなにもない、どうしようもない人生だったのかもしれない。そう考えると、ふっと身体の力が抜けた。

本当の最後、疎遠になっていた故郷・兵庫にいる家族のことを少し思い出していたら、意識が途切れた。


次にはっと気づいたとき、私は木々の間から夜空を見上げていた。

これまで見たことがないくらい、満天の星だ。天の川まではっきりと描かれた夜空に圧倒され、呼吸も忘れて見入られること少し、私は身体の違和感に気づく。

ほぼまったく手足が動かないのだ。首もいっさい上がらない。

それでもどうにかしようと、私は地面を掴むように身体をよじって丸める。そうして自分の身体を目にして、驚いた。

同時に、辛うじて入っていた力が抜けていく。

「あ、あう」

嘘でしょ、と声にしたつもりがこれだ。

声もまともに出せなくなっていることから考えても、間違いない。

私は、どういうわけか赤子になっているのだ。

それも、ハイハイどころか、ほとんど動くことすらできないことを考えれば、生まれてすぐかもしれない。

私は状況を把握したうえで、溜息《ためいき》をつく。

……いやまぁ、なんとなく嫌な予感はしていたのだ。

転生前、空から聞こえてきた女神様の声は、私と茉莉のふたりがいるというのに、『あなた』と語りかけてきていた。

それはつまり、私か茉莉か、どちらかだけが聖女として召喚されたということだ。

そしてこの状況である。聖女として召喚されたのが、どちらであるかは言うまでもない。

もし私が聖女なら、赤子にされたうえで、森らしき場所の真ん中に落とされていることはない。

私はただ、茉莉の聖女召喚に巻き込まれたのだ。

さしずめ、邪魔だからと、あの女神様にここに捨てられたのだろう。

あまりにも災難すぎる。到底、不運という言葉で片付けることはできない。だって、こんな状況、いつどうなってもおかしくない。

そう言っていたら、さっそく危機が訪れた。

ぼんやりとしているうえ、狭い視界の角からぬっと顔を覗《のぞ》かせてきたのは、狼のような大きな獣《けもの》だ。真っ白な毛並みをしていて、赤と青のオッドアイをしている。額にダイヤのようなマークがあるから、普通の動物ではない。

ここが異世界であることを考えれば、たぶん魔物とかの類《たぐい》だろう。

赤子じゃなくとも、どうすることもできないような相手だった。

私は天命《てんめい》を悟って、強く目を瞑《つむ》る。

ここでこのまま餓死するよりは、一思いに食われるほうがまだましかもしれない。せめて、丸のみにしてくれ。そう覚悟を決めようとするのだが、やはり怖い。

「あ、あう」

つい声をあげたところで、どういうわけか身体がふわりと浮いた。

どうやら食べられはしなかったらしい。じゃあどうなっているのかと目を開けば、足がぶらぶらと下で揺れている。どうやら服の襟をくわえられたらしい。

なんにも状況は好転していなかった。

そのまま運ばれていく羽目になる。たぶん、巣まで連れて帰って、仲間とともに食らうつもりなのだろう。

あぁ、終わった。人生も始まるはずだった異世界ライフも、もう終わった。

あまりにも短すぎる。こんなことなら、社畜なんてしないで、勝手に我慢もしないで、やりたいことやって好きなように生きればよかった。

そう思うが、もう遅いらしい。

やり残したことがたくさんだ。

もっと旅行にも行けばよかったと思うし、人並みに恋愛だってしたかったし、もっと美味しいものも食べたかったし、親孝行だってしたかった。

でも、それらを、社会的な立場だとかお金だとかいろんな言い訳をつけて、封じ込めてきた結果がこの結末だ。

赤ちゃんの身体だからかもしれない。

込み上げてきた悲しみに堪《た》えきれず、私は大泣きしてしまう。

うるさいと思われたら、この場で食べられるかもしれないというのに我慢できなかった。

私は声をあげて泣きじゃくる。

それに対して狼に似た獣はというと……予想に反して、捕食するような素振りは見せなかった。

それどころか、ゆりかごの上にいる子をあやす親かのように、軽く首を振って私の身体を揺する。

身体の影響を受けやすいのだろう。不思議なものでこんな状況でも自然と心が穏やかになっていく。

つい、うつらうつらとしていたら、その獣はほどなくして足を止めた。

ふかふかの芝生の上に、そっと私を置いてくれる。あたりを見るにどうやら、街道らしく、さっきよりかなり開けた道がそこには敷かれていた。

「あう……？」

食べられるどころか、もしかして、助けられた？　誰かに見つけてもらいやすいように、ここまで連れてきてくれた？

私が理解しきれずにあっけにとられていると、その狼のような獣は、颯爽《さっそう》とどこぞへと去っていく。

それから、少しあとのことだ。

その通りを、灯りのようなものをつけた一台の馬車が通りかかった。

きつねのマークが描かれたその特徴的な馬車は私の前を通り過ぎてしまうが、少しして、ふたりの男が私のほうへと駆けてきた。

暗い中だったが、どうやら人に見つけてもらえたらしい。

「こんなところに、捨て子か……？　水色の目……、変わった子だな」

うねるオレンジの長髪で、彫りの深い顔をした男だった。立派なあご髭しかり、まるで海外ドラマの俳優みたい。そんなふうな感想が浮かんだそばから、意識がまどろみへと溶けていく。

なにもしていないのに、もう体力の限界がきたらしい。過度に疲れているときと同じ、抗えない睡魔だ。

男が「おい」と呼びかけ、身体を揺すってくるが、反応できない。

「旦那様、どうされるのですか」

「息はある。いずれにしても、魔物もいるような危険な森に置いていくわけにはいかないな。

とりあえず連れていくぞ、幸い屋敷はすぐそこだ」

こんな会話をぼんやりと聞くうち、意識が遠ざかっていった。

◇

よもやの展開に巻き込まれ、異世界へとやってきてから、数か月。

季節は変わり、夏前。

「あう、あ、あー」

「はーい、リリー様〜。ゆっくり寝ててね〜」

私は、柵のついたベッドの上で、メイド長兼乳母のメイさん（たぶん二十代後半くらい）にあやされながら、うとうとタイムを過ごしていた。

転移してきた日、私は死まで覚悟していた。が、今の環境はそのときとは正反対と言っていいくらい、安心できる環境（ゆりかごの中）だ。

私が今いるのは、あの日、私を連れ帰ってくれた男、ハリド・メルシエの家である。

捨てる神あれば拾う神あり、とはこのことだろう。

私が眠りに落ちている間に、彼は私を自分の家へと連れ帰ってくれたらしい。それからは、なんの因果か、茉莉に呼ばれていたあだ名・リリーと名付けられて、こうして手厚く育ててもらっている。

どうやらメルシエ家は、結構大きな商会を所持しているらしく、ハリドはそのトップを務めているらしい。

そのため貴族でもないのに、家にはメイドが数人住み込みで働いていて、入れ替わり立ち替わり、私の世話をしてくれていた。

そして、お世話をしてくれるのはメイドだけじゃない。

部屋の扉がこんこんと叩かれる。それにメイさんが「どうぞ」と言うので、身体をころんと傾けてそちらを見れば、入ってきたのはいかにも優しげな雰囲気をまとった少年だ。

「少し替わりますよ。メイさんは、少し休んでいてください」

垂れ目を細めて、微笑みを浮かべて言うのは、アルバート・メルシエ。

このメルシエ家のひとり息子で、年齢は十二歳になる。

前世《ぜんせ》にいた日本でいえば小学六年生の年齢だ。

が、その年齢にしては、彼はとても大人びている。今みたく気もよく回るし、その振る舞いも落ち着いており、趣味は読書と勉強ときている。

父親であるハリドの豪快《ごうかい》な印象とは、似ても似つかない。唯一、髪色だけは、父親であるハリドのオレンジに灰色を混ぜたような色をしているが、身体は線が細く、少し頼りなさもある。

「ぼっちゃま……、しかし、大丈夫なのですか」

「はは、見ているだけだからね。大した労力じゃないですよ。それに、メイさんには、きちんと規定どおりに休んでもらわないと」

アルバートにそう言われて、押し負けたのだろう。メイさんは私とアルバートのことを気にする素振りを見せつつも、部屋を出る。

そのすぐあとのことだ。アルバートが、こほっと少し嫌な咳をして、私はどきりとした。

どうやら彼は、生来《せいらい》から身体が弱いらしいのだ。

それで、ルナール商会という団体を率いて各地を飛び回る父親とは離れて、空気の綺麗なこのデビという名の小さな村でこもるように暮らしている。

「み、水よ」

彼は、手を開くと、目を閉じることで手のひらに水の玉を作り出す。それをごくりと飲み干して、荒くなった息を整えた。

彼が使ったのは水魔法だ。どうやら、この世界ではよくあるファンタジー世界よろしく、ひとりひとりに使える属性《ぞくせい》魔法が割り振られているらしい。ハリドも同じような水魔法を使っていたから、きっと血筋が影響しているのだろう。

こういう光景を見ると異世界なんだと改めて実感するが……そんな場合じゃない。

「あ、あう、かぁ？」

大丈夫？　そう聞いたつもりだったのだが、まだまだうまく発声はできない。数か月経って、やっと子音が少し言えるようになっただけである。そんなんだから、

「あぁ、どうしたかい、リリー？　服でも替えようか？」

むしろ、気を遣わせてしまう。

そう、彼は普通なら使用人に任せるだろう、こうしたお世話まで私にしてくれていた。

だが別に、どこが気持ち悪いわけでもないから、私はどうにか身体を丸めて、全力で拒否を示す。

それに、やっぱり恥ずかしいのだ。いくら赤子になったとはいえ、相手が小学生とはいえ、男の人に着替えさせられるのは、元ＯＬとしてはかなりの羞恥心《しゅうちしん》を感じる。

しかし。

「よーし、じゃあ待っててくれよ。今、お兄ちゃんが用意するからね」

ろくに通じないのだから、赤子は大変だ。

前にも、いりもしないのに、ミルクを飲まされたことがあったっけ。

結局、着替えさせられる羽目になる。それでも、どうにか抵抗しようとしていたら、中途半端なところで、屋敷の鐘が鳴った。

それに気をとられているうち、見事なまでの手際《てぎわ》で、新しい服を被せられる。

それでやっと落ち着いたと思ったら、また扉が開けられた。

「おぉ、アル。リリーは元気にしてるか」

入ってきたのは、私を拾ってくれた商人、ハリドその人だ。

相変わらず、なかなかダンディーな見た目をしている。

「……父上、また帰ってきたのですね？　今月もう五度目ですよ」

「はは、仕事のついでさ。お前の様子も気になるしな」

「僕のことは、付け加えなくて結構ですよ。リリーが目当てでしょう？」

「もちろんそれもあるな。やっぱり赤子が家にいるとどうしても落ち着いてらんねえんだよ。

それで、どうだ？　お前もリリーも」

「安心してください、父上。僕はとくに問題ありません」

さらりと嘘を言うアルバート。彼はさっきまでの苦しげな顔をいっさい見せず、余裕そうに軽く笑んで続ける。

「リリーも、さきほどまでは少しぐずっていましたが、今、着替えを済ませたところです」

「そうかそうか。やるじゃねぇか、アル。俺には赤子の世話なんてできっこないからなぁ。

きっと母さんの血がそうさせてるんだろうなぁ」

ハリドはそう言うとアルバートの頭をひとつ撫《な》でたあと、私を抱え上げて、軽く揺する。

そうしながら彼が見るのは、棚に飾られた家族三人の絵だ。そこには、ハリドとアルバート以外にひとりの女性が描かれている。

銀色の長い髪をしたその女性はたぶん、ハリドの奥様だったのだろう。話から察すると、数年前に亡くなってしまったらしい。アルバート同様に身体が弱かったことが理由だった、とお喋りなメイドたちが話していたっけ。

「リリーの髪色は、母さんに似てるなぁ」

ハリドがしみじみ言うのに、私は、絵をぼんやりと見つつ、勝手に感傷的な気分になる。が、それはすぐに打ち壊されることとなった。ハリドは私を高く掲げると、下から見上げて言う。

「よーし、リリー。今日はそろそろ言ってみるか。ほーら、ハリドパパ、だぞ」

……帰ってくるたびに要求されるんだよなぁ、これ。

でも、ハリドと言えないのは当然として、まだパパと言えたこともない。

だというのに、ハリドのオレンジの目は、期待に揺れながら私を覗き込む。

「父上……、リリーはまだ言葉を発するには早いかと」

「あうい！」

そうだ、そうだ。アルバート、もっと言ってやって！

私はそんな意図を込めて声をあげたのだけれど、

「……今、『お兄』と言ったのでは？」

まさかの勘違いが発生する。

だめだ、アルバートも大概《たいがい》、リリー大好き人間らしい。

「いやいや、俺の娘だぞ。俺の名前を先に言うに違いない。言ってないな」

「父上、それを言うならば、留守にされている間、リリーを育てているのは僕とメイドたちですよ」

「……くそ、やっぱりもっと帰ってくるべきか？」

赤子というのは、こんなに可愛がられるものなのだろうか。

自分が赤子だったときの記憶は残っていないし、それ以外でも、誰かにこんなふうに愛された経験がほとんどないから、なんとなくこそばゆい。

どうしたものかなぁと思っていたら、鼻先をふと、かぐわしい匂いが掠《かす》めた。

見れば、ハリドが入ってきた際、扉が開け放ちにされていたらしい。たぶんキッチンのほうから、漂《ただよ》ってきたのだろう。

いったいなんの料理かしら。私はできるだけ長く、鼻から息を吸い込む。

まだ離乳食も食べさせてもらえない時期だ。匂いだけでも、しっかりと堪能《たんのう》したかった。

そうして、頭に浮かんできたのは、ベーコンだ。

うん、この匂い、たぶん間違いない。

頭の中、仕事終わりに家で自作していた、とろとろチーズのベーコン焼きのことを思い浮かべる。作り方は簡単で、凝った料理の苦手な私でもできる。

ベーコンをスキレットで焼いて、そこにチーズを溶かすだけ。

簡単すぎるが、ちょっとアボカドを入れてみたり、餅を加えてみたりすると、味わいが変わって、また楽しいのだ。しかも、お酒に合うしね。

あぁ、食べたい、食べたい。だんだん頭の中がベーコンチーズでいっぱいになっていく。

でも、現時点では叶うわけもない。なにせ今の私はまだ、離乳食も食べていない乳飲《ちの》み子である。

その歯がゆさが、私の口を思わず動かした。

「べーこん」

と。

言ってから、私自身、はっとする。

見れば、私を抱えているハリドも、アルバートも、私を覗き込んでいた。

「……まさかベーコンに先を越されることになるとはな。アル、お前、リリーにそんなこと教えてたのか？」

「……あはは。教えた覚えはありませんよ」

「そうなると、メイドたちの会話でも聞いていたか……？」

「たまたま、ベーコンが焼かれる匂いがするから、そう聞こえただけかもしれませんよ」

「うーむ、それはそうかもしれないが……もし、初めて喋った言葉がベーコンだとすれば、とんだ大食らいになるかもな。料理店も経営している身としては頼もしいじゃないか」

ハリドは高々と笑い、アルバートはそれに苦笑いをする。

初めてまともに喋れたのだ。本当なら何度でも「ベーコン」と言って、練習したいところだったが、さすがにそれは自重しておいた。

彼らが去ったら、まずは「パパ」と「お兄」の練習をしておこう、うん。

◇

一歳を迎えた。

といっても、本当のところの誕生日は分からない。だからハリドは私に森で出会った日を、私の誕生日とみなしているらしい。

当日は、たっぷりとプレゼントをもらった。

そのラインナップは、積木《つみき》や、音の出る楽器、木のタイヤのついた小さな台車など、令和の子どもでも大喜び間違いなしの品揃えだ。

話を聞くに、仕事関係でお世話になっている人のこねを利用して、珍しいものもかき集めてくれたらしい。

さすが、大きな商会を持っているだけのことはある。

ただまぁ、数あるプレゼントの中で一番嬉しかったのは、離乳食お菓子としてもらったおせんべいもどきだ。

本当は醤油味がよかったけど、そもそもたぶんこの国（もしくは世界）に醤油は存在しない。

だから、あっさりとした塩味だったが、薄くて柔らかくて、ほっと落ち着けるものだった。

まぁ、ハリドが一番気合を入れたのは、間違いなく別のものだけどね。

それがなにかといえば……

「んしょ」

廊下に設置してもらった、低い位置にある手すりだ。

最近ではもう、だんだんと歩けるようになっていた。

自ら体感して分かったことだけれど、子どもというのは本当に成長が早い。少し前、ハイハイでそれなりのスピードを出せるようになったと思ったら、もう立って歩いているのだ。

ただまぁ、まだすぐに疲れてしまう。

その面で、手すりがあるのは、家中を歩き回るのにとても重宝していた。

……でも、ここまでやるのって、過剰《かじょう》な気もするけどね。

順調に成長をすれば、数年もしたら私がこの手すりを使うことはなくなるのだから。

だというのに、わざわざ設備改修までするなんて、投資額に対してリターンが見合っていない気がする。

ハリドが商人としてうまくやっているのか心配になるくらいだ。

が、そこは一歳という年齢に甘えさせてもらって気づかないことにして、私はよちよちと一階フロアを歩く。

「がんばってください、リリー様！」

途中、メイドたちから応援されながら、どうにか一周を回り終えたところで……

「あ……？」

ふよふよと漂う小さな光が、どこからともなく、目の前に現れた。

それは私の周囲を、まるで蝶が舞うように、くるくると飛び回る。

初めて見る現象だった。当然、前世でも見たことがない。これも、ここがファンタジー世界ゆえのなにかなのだろうか。

子どもの身体ゆえかもしれない。きらきらでふわふわのものには、目がない。

夏の川辺に光る蛍を見たときみたいに、私が思わず手を伸ばしたところで、床に足をとられた。前のめりに転ぶ。

痛い。が、大した痛みじゃない。せいぜい、道端で石ころに躓《つまず》いて、ちょっと足首を痛めたのと同じくらいだ。

が、そのはずなのに、涙が込み上げるのは、身体が一歳だからだろう。

「り、リリー……！　どうしたんだい、転んだのかい？」

そこへちょうど反対側から歩いてきていたアルバートが小走りに助けに来てくれる。

赤ちゃんの本能には逆らえず、えぐえぐと泣いていたら、彼は私を背中におぶって、リビングルームへと連れていってくれた。

彼はソファに座り、私を膝上に乗せる。

「よーし、よーし、がんばったね、リリー」

そのうえで、泣き止むまで頭を撫で続けてくれた。

アルバートの癒しオーラのおかげか、もう一年近く世話してもらって安心できる関係になったからか。不思議なもので、勝手に心が落ち着いていく。

そうして私が泣き止んだところで、

「あんまり歩き回るのも疲れるから、ここにいるといいよ」

と、アルバートは私に優しい笑みを向ける。

それに私がこくりと首を縦に振れば、彼はソファ脇の書棚から、一冊の本を取り出す。どうやら、魔法の入門書らしい。

さっき謎の光を見たばかりである。私は気になって、思わず前のめりになる。

ちなみに、文字は読める。聖女でないとはいえ、一応は転生者だ。最低限のサポートとして、女神様が会話や読み書きができるようにしてくれたのだろう。

その本には、基本的な魔法の使い方がたくさん載っていた。アルバートが読んでいたのは、魔力鍛錬《たんれん》のページだ。

そこに書かれていたのは、いわゆる基礎練習みたいなもので、魔法を発動せずに鍛錬を行うものらしい。

両の手をくっつけて皿のようにして、身体の中心線を意識しながら目を閉じる。これで魔力が起こるようになり、毎日やるだけでも、鍛錬になるようだ。

アルバートは、その本に書かれていたとおり、忠実にトレーニングを実践していく。が、始めて少ししたところで、もう息を切らしてしまっていた。

やっぱり彼の身体は強くないらしい。というか、一年前より悪化しているような……？

私が不安げに見上げていると、彼は私の頭をぽんとひとつ撫でる。

「ごめんね、放置してしまったね」

そこじゃなくて、あなたの身体のほうを心配していたのだけれど。

そこはやっぱり、なかなか伝わらない。

『ベーこん』と口にしてから、一気に喋れるようになるかと思ったが、あれは本当のまぐれ、いや、食い意地が起こした奇跡だったのだ。

とりあえず、アルバートの呼吸が落ち着く。

「よし。リリー。じゃあ、一緒にご本でも読もうか」

それから彼は、魔法の入門書をしまうと、なにやら別の本を取り出した。

もしかして、絵本かなにかかしら。それなら退屈しのぎになる。私はそんなふうに思ったのだけれど……、全然、違った。

彼が手にしていたのは、やたら分厚い本であるうえ、そのタイトルは『ディアナ国起源物語』。

単純に読みたくないと思わせる。前世の仕事で使っていたパソコン機器の仕様書くらい見たくない。よっぽど魔法入門書のほうがましである。

ディアナといえば、前世では、女神をさす言葉だった。私を（というか茉莉を）この世界に呼んだのも女神だったから、なんとなく関わりがあるだろうことは分かるが。

「この世界は、十二神によってなされていて、そのうちのひとつがうちの国なんだ。ディアナは、豊穣《ほうじょう》をつかさどる神。だから、うちの国は、農作がさかんなんだ」

これくらいなら、まだいい。

が、しかし、ディアナによる建国がいかにしてなされたか、その各地制圧の話、ほかの神々との逸話《いつわ》はなかなかに堪えるものがあった。

魔法の使い方に関する話ならともかく、国の成り立ちについて、というのはテーマが重い。

まぁ要するに、十二の神のうち、このディアナ国はその名のとおり、女神・ディアナを信奉《しんぽう》しており、その力を受けて国民は魔法が使えているということらしい。

それと同じように、他国ではほかの神が信奉されており、その力を享受《きょうじゅ》している。

かつては大きな争いもあったが、現在は、一応だいたいの領土が固まっている――。とまぁ、そういう感じだ。

一応、なんとか噛みくだいて理解はしたが、正直、大人の頭でも、すぐには理解できなかった。

転生して子どもだから、とかではなく、そもそも文字は得意じゃないしね。

「まぁ最近は、より世界が広いことも分かってきてるんだけどね。面白いだろう？」

が、アルバートはにこにこ笑顔で、それを一歳児に聞かせてくる。可愛い顔立ちをして、なかなかの鬼具合だ。

もしかしたら、屋敷にこもって外との交流があまりないから、一般的な感覚とずれているのかもしれない。

アルバートは、実に嬉しそうに、そこからも色々と話してくれる。

が、一歳児の脳ではもう限界だった。

徹夜で仕事をしたあとみたく、どうしようもない眠気に襲われて、私はそのまま眠りに落ちた。

目が覚めると、もう翌朝になっている。寝ているうちに、移動させられたらしい。

いつのまにか、定位置である柵付きベッドの上にいた。

どうやら、いつもよりかなり早い時間に起きたようだ。

隣のベッドでは、メイさんがすやすやと眠っている。

それをちらりと見てから、私はどうにか身体を起こして、柵にもたれかかる。そのうえで両の手を皿のように合わせた。

なにをしているかといえば、もちろん昨日アルバートがやっていた魔力の鍛錬だ。

あんなものを知ってしまったら、やりたくなるに決まっている。

とはいえ、まだ一歳児だ。たとえば身体の中に魔力が眠っていたとして、大した量ではないだろう。

できない可能性のほうが高いだろうが、それでも試してみたかった。

アルバートがやっていたのと同じように、できるだけ背を伸ばして、意識を研ぎ澄ましていく。

すると、どうだ。たしかに、なにかしらの力が腹の奥底から腕のほうへと上がってくる。

少なくとも、現代にいたときは感じたことがないものだ。

これはもしかしたら、使えるかも？　そう思ったときだ。

また、昨日見たふよふよ漂う謎の物体が私の視界を掠めた。

そしてそれは昨日よりも速く、あたりを飛び回る。

もしかして、私の魔力に反応しているのだろうか。というか、私の魔法はどういうものなんだろう。アルバートみたいに属性があるのかな。

なんて、そこまで考えたところで、一気に身体から力が抜けて、私はまた意識を手放した。

……そして。

「リリー、大丈夫か!? 心配したぞ、パパは」

「リリー様、よかった、本当によかったぁ！」

「夜まで目を覚まさないだなんて、驚いたよ。でも、無事でよかった」

起きたら、これだ。

ハリドに抱きしめられ、メイさんに泣かれ、アルバートに頭を撫でられる。

全員の目がうるうると潤んでいた。

そして、脇には医者らしき姿の男性までいて、ほっと息をついている。

……どうやら魔力がなくなって、気絶していたのを、なにかの病気になったとでも思われたみたいだ。

今後は練習するとしても、寝る前とかにしよう。

私はそう、こっそりと考えるのだった。

◇

時が経つのは、早いもので。

あっという間のうちに一歳の誕生日から二年以上が経ち、私は三歳になった。

鏡に映る、肩口で揃えた銀色の髪も水色の目も、もう見慣れたものだ。元の容姿が思い出せないくらいには、自分として馴染《なじ》み始めている。

まぁ子どもの成長の早さには、我ながら驚いているが。

身体はすくすくと成長していた。もう身長は九十センチ強あるし、どこに掴まることもなく、しっかりと立てる。

まだまだ子どもではあるけれど、体力だってかなりついてきた。もう、すぐに寝落ちしてしまったりすることも少なくなった。

それは、年齢なりの成長のおかげもある。が、理由はたぶんそれだけではない。

私は、鏡を見ながら背筋をぴんと張る。そのうえで、身体の内側から手のひらに集めるのは、いわゆる魔力だ。空気が揺らぐように、私の目には映る。

「うん、いい感じかも」

これは、二年近く毎日続けてきた魔力鍛錬の成果だった。

夏休みのラジオ体操では、ろくに参加スタンプを集められなかった私だが、娯楽の少ないこの世界においては、この鍛錬が日々のちょうどいい刺激になっていた。

やっている内容は、一歳のとき、アルバートに見せてもらった魔法書に書いていたものを勝手にアレンジしている。

あのあと、アルバートが本を自室にしまってしまい、そのうえ鍛錬をやめてしまったから、見ることができなくなってしまったが……それでも試行錯誤《しこうさくご》のうちに形になった。

はじめは、ほとんど魔力も体力もなかったから、寝る前にやって気づけば翌日の昼過ぎになっていたこともざらだった。

おかげで、しばらくはアルバートともども要観察となって、メイさんにずっと張り付かれていたこともある。

だが、それでも鍛錬を続けた結果、今ではそんなふうに意識を失うこともなくなり、手元に集められる量も増えていき、今だ。

このとおり、もう朝にやったって平気だ。それに、少し前はサッカーボール程度の大きさの魔力しか集められなかったが、今や大玉転がしのボールくらいには集められるようになった。

まぁといっても、私の持つ魔法は、アルバートの水属性魔法のように分かりやすいものではないらしい。

使う場所により、その魔法の発現の仕方がかなり変わる。

たとえば、今の窓が開いた状態なら――

と、私がいざ魔力を変換して魔法を使おうとしたところで、

「おーい、リリー。朝ごはん食うぞ～」

扉を挟んですぐのところから、ハリドに呼びかけられた。

そういえば、お腹も空いているし、食事はなにより優先度が高い。

こうなったら、いったん鍛錬は中止だ。その呼びかけに「はーい」と答えて、私は廊下へと出る。

そこではハリドが、腰に手をやりながら待ち受けていた。

「今日はなんの匂いか分かるか、リリー」

にやりと笑いながら聞いてくるあたり、見抜かれない自信があるらしい。

私は鼻を軽く鳴らして、匂いを吸う。すると香ってきたのは、優しいミルクだ。ほかに感じるといえば、肉の匂いだろうか。

「んー、しちゅー？」

「はは、さすがだなぁ、リリーは。うん、オーロラ魔豚の舌を使ったシチューだ。変わってるだろー？」

つまり、タンシチューというわけだ。

前世では存在こそ知っていたけれど、食べたことがない。牛でないのが惜しいといえば惜し

いが、かなり期待できる。

「この間、パパが商談に行った町の郷土料理なんだ」

ハリドは、今も変わらずルナール商会を続けていて、家を空けることは変わらず多い。

ただ、行くたびにこうしてお土産を買ってきてくれて、この二年のうちに、私がごはんにこだわりが強いことも理解したらしい（とくに味が濃いもの！）。

私が離乳食を終えてからは、ほぼ必ず、目新しい食材や調味料類を持ち帰ってきてくれるようになっていた。

おかげで屋敷にいながらにして、たくさんの料理に触れてきた。

この世界の食事は、前世と同じものもあれば、一部異なっているところもある。

今回のシチューに使われている魔物肉というのは、その代表例だろう。まぁ味は、いわゆるブランド豚と大きくは変わらないんだけどね。

「どんな町だったの？」

「そうだなぁ。ここと違って、開けた土地をしてるんだ。見渡す限りの草原は、結構いい景色だったな」

「……へえ、すごい」

「はっは。見たいか、リリー？」

私はこくりと首を縦に振る。

「わたちもたび、でたい」

口にしたのは率直な本音だ。

こうして、新しいごはんや話に触れるたびに、その土地に行って、景色ともども料理を味わいたい。そんな思いが、私の中で日々募《つの》っていた。

もともと、残業だらけで自由な時間がなく、旅行にろくに行けない生活をしていた反動も、そこにはあるのかもしれない。

せっかくもらった第二の人生だ。この世界では、自分の欲求に素直になりたかった。

私は真剣な目をハリドに向けるのだけれど、

「まだ無理だろうよ。もう少し大きくなったら考えてやるよ。そうだなぁ、五歳くらいになったら考えようか」

頭をぐりぐりされて、誤魔化《ごまか》される。

こうなったら、こっちにもやりようがある。

「ぱぱ」

と、私はハリドのことを呼ぶ。

これは最近になって解禁した奥の手だ。

正直、実の父でもない人をそう呼ぶのはなかなか恥ずかしくて、これまではできるだけ「ねぇ」と呼びかけたりして誤魔化してきた。

が、その豪快な見た目に反して、ハリドは結構ナイーブだ。あまりにもしょんぼりとされるから、解禁することとなった。

それに、これを言えば、ハリドはさらに私に甘くなる。

少し前にはこれを言うことで、ぬいぐるみのおねだりにも成功した。

今回も、陥落《かんらく》寸前まで揺れていたようだが、

「……あー、だめだ、だめだ！　旅ってのは甘くないんだぞ」

最終的には、こう否定されてしまった。

これならいけると思ったのに。

私が少し頬を膨らませていたら、廊下の向こう側からアルバートがゆっくりと近づいてきた。

「父上、陥落されかけているではないですか」

少し伸びた薄橙《うすだいだい》の前髪を耳にかけながら、彼は口元に手を当てて苦笑する。

大人の色気すら感じさせる振る舞いだった。

初めて出会ったときから数えれば、もう三年だ。その時間は、彼を少年から青年へと確実に変えていた。

現代日本でこんな雰囲気の男子がいたら、まず間違いなく、モテるに違いない。

まぁ変わらず、身体が弱いのは心配な点だけどね。

なんて、子どものくせに勝手にお姉さん気分で思っていたら、それは晴れた日の夕立くらい

突然に降ってきた。

「それより、父上。リリーの部屋は見ましたか?」

げ、と私は思わず、可愛げもなく漏らしてしまう。

そして、どうにか部屋の中を見られまいと、扉の前にそろりと移動しようとするのだけれど、体格の差は無慈悲《むじひ》だ。

ハリドは首をひねりながらも、あっさり扉を開け、中を見られてしまう。

私がひっと悲鳴をあげる一方、ハリドはといえば、ノブに手をやったまま、しばらく固まってしまった。

「……リリー」

「な、なに、ぱぱ」

「朝ごはんは少し片付けてからにしようか」

ま、まさかのここまできてお預け！　アルバートめ、やってくれるものだ。

私はきっとアルバートのほうに目をやるが、彼はすまし顔だ。

……いや、まぁ悪いのは私なのだけれど。

改めて俯瞰《ふかん》すれば、さすがにちょっと汚しすぎたと思う。

精霊の力を借りて、おもちゃなりなんなりを浮遊させる魔法を試したこともあるし、単純に子ども心に引っ張られて遊んだものもあって、改めて見れば、ほぼ足の踏み場もない。

そもそも前世から私は、片付けが苦手なのだ。

「お兄ちゃんが手伝うよ、リリー。一緒にならできるかい？」

アルバートは、きちんとお兄ちゃんだ。さっきのように厳しい一面もあるが、基本的には優しくて、すぐにこんなふうに手を差し伸べてくれる。

が、そんなアルバートの言葉に首を振ったのは、ハリドだ。

「いや、ここはリリーにやらせよう。いつまでも、やっていたら、成長しないからな」

今日はことごとく、よくない方向に話が傾く。

が、言い出したら聞かないのが、ハリドだし、まぁ自分が三歳であることを思えば必要な指導なことも理解はできる。嫌だけど。

「……わかった」

私は仕方なく、とぼとぼと部屋へと入ろうとする。

「はは、そう落ち込むな。片付けをきちんとできたら、スープに分厚いベーコンをつけてやろう」

「ほんと？」

そこで、ハリドが指を三本立ててこう言うので、私は顔を上げた。

「あぁ、パパは嘘をつかないさ」

分厚いベーコン三枚。片付けの対価がそんなのって、そんなのって……

あまりにも最高すぎる！　社畜時代だったら、どんなに残業した日でもありつけなかったごちそうだ。

「がんばる」

「あぁ。食べ始めるのも待ってるからな」

私はこくりと大きく首を縦に振り、いそいそと、部屋に入る。そうして扉を閉めた。

「父上……、結局は甘いのですね」

「それはアルもだろう？」

外で繰り広げられるふたりのこんな会話を聞いて、くすりと笑う。

それからひとつ呼吸を整えたのち、私は部屋の中央まで行き、手を少し高く掲げた。そのうえでさっき溜めた魔力を放出すれば、集まり寄ってきたのは、ふわふわと漂うきらめきだ。

そのきらめきは、私の手に少し触れると、いくつかの小さな竜巻のような姿へと形を変えた。

「風の精霊さん。お願い、手伝ってもらえる？」

私がこう声をかければ、その竜巻は私の頬に軽く触れたのち、すぐに動き始める。

あるは、床に落ちていた積木などのおもちゃをかごにしまい、あるは、ゴミ拾いをしてくれる。

「これなら、はやいね……！」

これが私の魔法だ。

彼らは「精霊」というのだと、喋ることのできる木の精霊から少し前に聞いたっけ。

嘘か真か、不可思議な出来事や偶然、奇跡なんかには、人間の目に見えないところで、彼らが絡んでいることも多いのだとか。

精霊はどうやら森や川、街など、あちこちに色々な姿で存在していて、自然界から魔力を集めることで、風を起こすなど、人間の目に見える形で影響を及ぼしているそうだ。私が一歳のときから見えていた謎の光も、どうやら彼らだったらしい。

そんな精霊に魔力を分け与え、その力を増大させることで、精霊たちの能力を貸してもらう。

どうやらそれが私の魔法の特徴らしい。

ハリドやアルバートは、彼らの存在が見えていないらしいから、この力は私固有のものだろう。

今のところ効果が生活レベルであったり、近くにいる精霊の種類次第で使える魔法は変わったりと、とびぬけた性能ではない。

だが、贅沢《ぜいたく》を言うつもりはないし、使えればなんでもいい。

竜を倒す勇者になるわけじゃないしね。

実際、変にすごい炎を使えるより、お片付けを手伝ってくれるほうがよっぽど助かる。

私自身も作業に加勢して、片付けはさくさく進む。

そして、ものの数分で終わることができていた。

こんなことなら、普段からやればいいじゃん、っていうのは禁句だ。それができたら、そもそも注意されていない。

「ありがとね」

と、私は風の精霊たちに礼を言う。

すると彼らは私の周りを巻くように、スカートの裾《すそ》を揺らして、窓の外へと出ていった。

それを見送ってから、私は「よし」と小さく拳《こぶし》を握りしめる。それから、ずるをしたと思われないように少し間を空けてから、お待ちかねの朝ごはんへと向かった。


ご褒美《ほうび》のベーコンも、シチューも、とても美味しいものだった。

もちろんそのままでも美味しいのだけれど、より美味しく食べる秘訣は、アレンジにある。

私がプラスしたのは、香辛料などの調味料たちだ。

ハリドがお土産で買い与えてくれていたものをちまちま集めて、私はオリジナルの調味料セットを作っていた。

ベーコンには胡椒を少々、シチューには唐辛子、自作粉チーズを数振り。私が食べながらアレンジをしていると、

「リ、リリー……。あんまりかけすぎるのはよくないよ？」

アルバートからは引きつった顔でこう指摘《してき》が入る。

私としては控えめだったつもりだが、どうやらアルバートにはそうは見えなかったらしい。

「わかってるよ、おにいちゃん。たかいもんね」

この世界では、前世における中世ヨーロッパと同じように、香辛料は希少なもの。

それくらいは理解していたから首を縦に振る。けれど、

「そうじゃなくて、入れすぎると味が変わらないかな？」

「だからおいしいんだよ？」

「……はは、なるほどそうくるか」

彼は、頬を引きつらせながら、ハリドのほうへと目を流す。もしかして怒られが発生する……？　と思ったのだけれど、

「いいじゃないか。俺も濃い味付けは好きだぞ、リリー」

むしろ肯定された。

うんまぁ、ハリドは酒飲みでもあるしね。その味覚は、私に近いものがあるのだろう。

とはいえ、アルバートの厳しい目がまったく気にならないわけじゃない。

一応、健康にも配慮することとして、控えめに（当社比）調味料を足しながら、ごはんを食べ終える。

それから少し休んで向かったのは、屋敷の外だ。

ハリドとアルバートに連れられて向かうのは、子どもらしく外遊びのできる原っぱ――では

なくて。

「では、ルナール商会の企画定例会を始める。うちは、商品開発もひとつの売りだ。まだ夏になったばかりだが、もう冬に向けての新商品を考えなくてはならない。そろそろキーとなるアイデアが欲しいな」

屋敷のすぐ脇に立つ、ルナール商会の建物だ。

その一室である長机の置かれた会議室に、私は連れてこられていた。

商会の従業員の方であろう。ほかにも何人か大人がいる中、私はアルバートの隣、子ども用の背たけが高い椅子に座る。

もちろん、はじめから参加させてもらっていたわけじゃない。

こんなふうに会議に入れてもらえるようになったのは、私がすでに新しい商品をいくつか発案した結果であった。

魔法が使えるなど、現代よりも気に入っている点もあるが、この世界での生活ははっきりいって、不便なことも多い。

たとえば、今私が座っているこの椅子だってそのひとつだ。

現代日本では、ファミレスに当たり前のように置いてある子ども用椅子だが、この世界にこのようなものはなく、子どもは大人とは別の背が低いテーブルに座らされていたりした。

そこで、かつて商品企画担当として働いていた経験も思い出しながら、ハリドに背の高い子ども専用椅子を提案したら、これにぴんときたらしい。

彼は、商会のこねを活かして、さっそく形にする。そのうえで売り出してみたところ、これが結構評判がよかったようだ。

そこから、私はこうして会議に呼ばれるようになった。

……お菓子を与える、という特大の餌つきで。

そりゃあ食いつくに決まってるよね。この世界で甘いものは、それだけで貴重なのだ。まぁその条件がなくても、生活が便利になるのならいくらでも参加するんだけどね。

ブラックだったことを除けば、商品企画という仕事内容自体は好きなほうだったし。

「冬……となると、この卓上送風具の温かい風が出るものはどうでしょう、ハリド様」

「なるほど。たしかに、なしではないが……。すでに、送風具は一部の商会で類似品が出回り始めているからなぁ。同じようなものを競合が作ってくる可能性もあるな」

甘いクッキーを頬張り、ぽろぽろ落ちるクズを小さく丸い手のひらに拾いながら、大人たちの会議を眺める。

「いやはや。そう考えると、リリー様は本当にすごい。この歳で、他の商会が真似するほどの商品を思いつくなんて」

そうしていたら、唐突に話の矢がこちらに向いた。

たしかに、卓上送風具も、もともとは私の発案したものだ。

大きなものは、風の魔力が込められた魔石を使った扇風機のような商品がすでに存在していたから、それを小さくしてみたらどうかと言ってみたら、それを実現してくれたのだ。

「わたしはいっただけ。みんなのおかげだよ」

だから、私は首を目いっぱい横に振り、こう述べる。

「な、なんていい子なんだ」

「だろー？　まぁ俺の娘だからな。なぁアル」

「はは、まぁ僕の妹ですから」

……別に狙ったわけじゃない。ただ事実を言っただけなのだけれど、褒《ほ》めちぎられることになってしまった。

場がほんわかした空気に包まれる。

社畜をしていたからこそ、分かる。普通、会議でこんな空気になることはありえない。子どもってすごいな、と自分事ながら俯瞰して思っていたのだが、しかし。

少しすると、空気は真面目なものへと戻っていく。ただし、無言の時間が限りなく長いが。

……うん、分かる。こうなるのよね、企画会議って。

実に重苦しい空気だった。ぼりぼりクッキーを食うわけにもいかないくらい、しんとしている。

そんな中響くのは、卓上送風具のぶーんという音だけだ。

ひとつ、しょうもないことを思いつく。大人ならまずやっていないことだが……今の私は三歳の少女。

多少なら、突飛なことをしても許されるはずだ。

私は送風具に顔を近づけて、「あー」と声を出してみる。

これで、空気が少しでも変わればいい、ひとえにそんな意図だった……というのはまぁ少し嘘だ。久しぶりにやりたかった気持ちもちょっとはあった。

小さな送風具でも、やっぱり変な声に聞こえるんだ、と思っていたら、私の声はすぐに元どおりになる。

「リリー、邪魔になるよ?」

アルバートが苦笑いしながら、卓上送風具を私の前から取り上げたのだ。

……うん、まぁ妥当な対処だね。

「むー」

私は一応むくれてみせるが、それはあくまで演技だ。

これで少しは流れを変えられたらいい。

そう思って私がちらりとハリドを見れば、彼は「それだ……!」と呟《つぶや》く。

さっそくなにかいいインスピレーションが降ってきたみたい。私はひそかにほっとして、クッキーを一枚つまむ。

……が、しかし。

「いっそ温かい風だけではなく、音が出る送風具というのもいいんじゃないか？」

ハリドのまさかの発案に、それをすぐに落としてしまった。

「えっと……？」

「音が出たら楽しいだろう？　どうだろうか」

思わず戸惑ってしまうくらい、突飛なアイデアだった。

まぁもし、好きな音楽でも流せるのなら楽しいかもしれないけれど、にしたって音が出る扇風機って、ちょっと癖が強すぎないだろうか……。

私は正直いって懐疑《かいぎ》的だったのだが、

「ハリド様、さすがでございます。いいかもしれませんね」

「たしかにそれなら、ほかとの差別化にもなる！」

ほかの従業員たちも、なぜか乗り気になってしまっていた。

こうなったら、もうどうしようもない。話はとんとんと進み、その場で企画が採用となる。

その後、聞いた話では、「あー」と音のする卓上送風具は、まったく売れなかったらしい。

普通に音の出ないものを作ったら、そちらはほどほどに売れたのだとか。

うん、まぁそうなるよね。

◇

これからもきっと、賑やかで楽しい日々が続いていく。

私はそれを望んでいたし、きっとそうなるだろう。

そう、どこかで楽観視《らっかんし》さえしていた。

それくらい、こちらの世界に来てからの日々は、幸せそのものだった。出だしこそ、茉莉に巻き込まれて山中に捨てられるという最悪なものだったが、拾ってもらってからはなんの文句もない。

そんな幸福な日々に慣れる中で、私はすっかり忘れていた。

現実というのは決して、幸せだけでできてはいない。ときには問答無用で、回避しようのない残酷さを突き付けてくる。

前世を生きていた頃は、当たり前だったそんな事実を再認させられたのは、四歳になって少しした頃だ。

話し相手にでもなってもらおうと、ハリドの部屋を訪れようとしたとき、彼の部屋からその深刻そうな声は聞こえてきた。

「残念ながら、アルバート様はもう長くはありません。ひと月程度持つかどうか。ご覚悟ください」

よもやの宣告だった。

衝撃《しょうげき》から扉を開けようとしていた手が動かせなくなる。

「……そう、ですか。これ以上、アルになにかしてやれることは――」

「お力になれずに本当に申し訳ありません、ハリド様。手は尽くしたのですが……」

「いえ。しようのないことですから……」

「……はい。父の言ったとおりです。顔をお上げください」

扉を挟んでいても分かるくらい重たい空気感だった。

たしかに、彼の身体は昔から弱かった。

考えてみれば、魔法の練習をできなくなっているなど、悪化の兆候はあった。

なのに、私は幸せな日々に慣れきって、それを見過ごしていた。そして、今になって突き付けられている。

アルバートが死ぬ。

その事実は、私の小さな心臓を鷲掴《わしづか》みにした。どんどん呼吸が浅くなっていき、血の気が引いていく。

まったく身体の自由が利かなくなってしまって、私はその場でかがみこむ。

そんな状態だったから、話が切り上げられて医者の先生が外へ出てくるときになっても、私は扉の前から離れることができなかった。

「……もしかして聞いてしまったか、リリー」

ハリドは溜息をつきながらこう呟く。

それからアルバートに医者の先生を玄関まで送るように伝えると、私を抱え上げて、部屋の中へと入った。

そのときにはもう、涙が溢れていた。それは、まったく止めることができない。

ハリドはそんな私の頭を撫でながら、自分の膝上に座らせる。

「お兄ちゃんはな、昔から身体が弱かったんだ。母さんと同じで、魔力をうまく練ることができない体質でな。それで、うまく練れなかった悪い魔力が身体に悪さをした。これまでは薬で誤魔化してきたけど、もう効かなくなってきて――って、こんなのリリーに話すことじゃないな。とにかく、お迎えが来るんだ」

嫌だ。そう強く思って、私は首を横に振る。それが意味のないことだと分かっていても、そうするしかできない。

「でもな、リリー、お兄ちゃんはリリーの前からいなくなっても、お前のことが大好きだ。それは間違いない。それだけは、大きくなっても覚えていてやってくれるか」

ハリドも目を赤くしていた。それでも、ぎりぎりどうにか保ってくれている笑顔に、胸が痛くて、しょうがなくなる。

そのせいで涙はいっそう、とめどなく流れ続けてきた。

大切な誰かを失う経験は、前世でもしたことがある。けれど、何度迎えても慣れるようなものではないらしい。

それも彼はまだ生きている。

なのに、ただ死を受け入れるなんてことは、私にはできなかった。

そこへ、アルバートが戻ってくる。

彼はハリドの隣に座ると、私にいつもと変わらぬ優しい笑みを向けた。

「はは。リリー、そう悲しがることじゃないんだ。僕は少し旅に出るだけさ。リリーより一足早くね」

「お兄ちゃんは？　お兄ちゃんは悲しくないの」

「悲しくないよ。昔からそういうものだと思ってたからね。リリーに会えなくなるのは、寂しいけど」

残酷だ。子どもの立場になった今だからこそ、そう思う。

子どもを傷つけないための綺麗事は、それが嘘だと知ったときにどんな気持ちになるかまでは考えてくれていない。

ただ私の中身は一応、大人だ。なんならアルバートより年上である。

だから、その場はそれをそのまま聞き入れて、こくりと首を縦に振った。

翌日、屋敷内の空気はこれまでとは一変していた。

「リリー、ちゃんときのこも食べたほうがいいよ」

「はは、お兄ちゃんの言うとおりだぞー、リリー」

といっても、表面上大きくなにかが変わるわけじゃない。まるでいつもどおりの日常かのように、みんなが振る舞う。

ただそれは、明らかに仮初《かりそめ》のものだ。

日常という薄い皮のすぐ裏側には、この先に待ち受ける悲しみを受け入れようと準備するかのような空気があって、私はそれをひしひしと感じとっていた。

昨夜、ハリドと同じ部屋で寝た私は知っている。

彼は眠れなかったようで、夜なべして仕事をしていた。一方で出張の予定をすべてキャンセルして、一か月以上の滞在を決めた。

そうした緊急対応をしているのは、ハリドだけじゃない。メイド長のメイさんも、長期休暇をとると言っていたのだが、その時期をずらした。

これだけで、もう十分いつもとは違う。

その日、ハリドは屋敷の全員を連れて、近くへピクニックに出かけた。

みんなはとても楽しそうに、メイさんの作ってくれたお弁当を食べる。そのうえでやるのは、サッカーみたいにボール（毬みたいな布の玉）を回す遊びだ。

「はは、まだ俺も動けるなぁ」

「父上、過信はよくありませんよ。またぎっくり腰になりますよ」

「そうですよ、旦那様」

が、私はそれを楽しみきれていなかった。

どうしても、その裏側に目がいく。

「おーい、リリー、大丈夫かぁ？」

目の前に集中しきれず、ハリドからの優しいパスを、後ろへ逸らしてしまう。私はそこではっとして、とぼとぼと後ろへと取りに行った。

そこへ、アルバートが追いかけて来て、私より先にボールを取り上げる。

「……お兄ちゃん」

「リリー、あんまり気にしすぎないでくれ……というのは難しいよね」

私はこくりと首を縦に振る。

「でも、僕は残りの時間で少しでもリリーの笑顔を見ていたいかな」

はっとさせられる一言だった。

たしかに、落ち込んだ顔ばかり見せていても、誰が幸せになれるわけでもない。もしかしたら、みんなはそれが分かっていたのかもしれない。

それで私は少しだけ調子を取り戻して、その場はしっかりと楽しむこととする。同時に、アルバートのためにも笑顔で過ごしたほうがいいのかもしれない。そんなふうに思い直して、私も薄い日常を張り付けて過ごそうとしたのだけれど……、どこまでいってもそこにあるのは虚《きょ》構《こう》だ。

その夜。私はあまり眠れずに、アルバートの部屋へと向かう。

極力、いつもどおり。

それを心掛けて、彼の部屋の前で一度呼吸を整えていたら、泣きすするような声が漏れ聞こえてきた。

「父上みたいに立派な商人になりたかったな。リリーとも、もっと一緒に過ごしたかった」

そして続いたのは、こんな独り言だ。悔しさ、悲しさ、そういう類の感情がそこには詰め込まれていた。

「……なによ」

これには、こう呟かざるをえなかった。私は壁に寄りかかって、溜息をつく。

ハリドや私の前では平気そうにしていたくせに、これである。

なにが『そういうもの』だ。全然受け入れられていないくせに、彼はそれを決して人には見せようとしない。

ひとりで抱え込んで、ひとりで思い悩んでいる。

歯がゆくてしょうがない。そんな思いが、私を突き動かした。ぎゅっと拳を握りしめると、ノックもせずにその部屋の中に入る。

「お兄ちゃん」

「……リリー？　どうした、こんな時間に。寝られなかったのかい？」

なんて、涙跡の残る顔をそれでも微笑みに変えて、こちらに向ける彼に、

「お兄ちゃんは生きたいんでしょ？」

まずはまっすぐに質問をぶつけ、彼をまじまじと見つめる。

アルバートは窓の外へと目をやりつつ、ふっと軽く笑った。

「……もしかして聞いていたかい？」

「いいから答えて。生きたいの、生きたくないの」

私は相好を崩さないまま、強く聞く。

アルバートはそれで誤魔化せないと観念したみたいだ。目を瞑って、一度天井へと目をやる。

「……そりゃあ、生きたいよ、本当は。死にたいって言ったら嘘になるね」

「じゃあ、私がお兄ちゃんをどうにかする！」

子どもの言うことだ、ときっと思ったのだろう。

アルバートはゆっくり私に近づいてきて、屈《かが》む。それから頭を優しく撫でてくれたのち、優しく抱きしめてくれる。

「その心意気だけで十分だよ、リリー。ありがとう」

彼の温かさに包まれながら、私は絶対に助けようと決意を固める。

この世界は医療のレベルが低いから治せないだけで、本当はなにか方法があるかもしれない。

そりゃあ、確率にしてみれば低いのはたしかだ。

だが、それは諦める理由には到底ならなかった。


次の日から私はすぐに動き始めた。

とはいえ、簡単にはいかない。ハリドはアルバートとの時間を大切にするためだろう、私を含めて、食事や遊びに誘ってくるから、それを断ることもできなかった。

だから、とくに当てもない中、私がまず取った行動は——

『なるほど。お嬢さんの兄が、魔力不全で病に伏せているのか。そりゃあ災難だな。そういうことなら、おれに任せな』

精霊を頼った聞き込み作戦であった。

偶然や奇跡が起こるときは、裏で精霊が影響していることも多い。

かつて、そう教えてくれた木の精霊に、私はまず話をしてみる。

彼自身は残念ながら、とくに対処法を知らないとのことだった。

しかし、彼は私に代わって、知り合いの精霊たちにもなにか知らないかと尋ね回ってくれて、少しでも情報を知ってそうな子がいたら、私の元まで連れてきてくれた。

「どうしてそこまでしてくれるの」

と木の精霊に聞けば、

『お嬢さんはほっとけないからなぁ、どうしてか』

彼は、葉っぱに小さな目がついたみたいな身体を風に吹かれながら、こう答えてくれる。

『それは、他の奴らも同じみたいだ。って、うわぁ!! またなぁ、お嬢さん〜。うわぁ〜』

最終的にはこう残して、どこかへと飛ばされていってしまったが……。

それからも、本当にたくさんの精霊たちが私の話を聞きに来てくれる。

そうして約二週間、私はひとつの有力な情報を手に入れていた。

それは、『近くにある『灯《ともしび》の森』の中には精霊の中でも力を持つ主がいて、その主なら、もしかしたら治す方法を知っているかもしれない』というものだった。

『灯の森』は、屋敷の裏手すぐに広がっている。

だが、そこへの立ち入りはハリドによって固く禁じられていた。

それは、三歳頃になり、外遊びが解禁されてから何度も繰り返して、言いつけられてきたことだ。

なんでも魔物なども出現するうえ、かなり鬱蒼《うっそう》と木々が生い茂っているため、一度入ったら戻ってこられないほど深いのだとか。

怖さは、あった。

子どもに言い聞かせるため、多少なり誇張《こちょう》されている内容だとしても、実際に危険であるから、そんなふうに言われているわけだ。

ただ、今ばかりは臆病《おくびょう》になってはいられない。

行動に移ったのは、誰にも見つからないようにするため、真夜中だ。かわりに昼寝をたっぷりしておいたから眠気はない。

私は魔石を元に作られた明かりを手にして、それを頼りにこっそりと外へ出る。

「……普通に行くのは絶対無理ね、これ」

森と屋敷とを隔てる塀は、子どもにとってはかなりの高さだった。先を見ることもできなければ、よじのぼることなど、できそうにもない。

が、しかし、そこは精霊魔法がある。

私が手のひらに魔力を込めて、呼んだ精霊は、いつか屋敷内に来てくれて、片付けを手伝ってくれた風の精霊だ。

私はその力を借りて、風を自分の周りに渦巻かせる。

そのうえで、手を高く挙げると、身体がふわりと浮かび上がった。一気に高さが上がっていき、身体は壁の高さを越える。

そこまできたら、今度はゆっくり手を下ろしていけば、着地は簡単だ。

私はあっさり塀を乗り越えて、ひとつ頷く。

「ありがとね、風の精霊さん！」

この一年で、精霊魔法の使い方はかなりマスターし始めていた。

このぶんなら、きっと精霊の主のもとまでたどり着けるはずだ。

私は、風の精霊とともに森の中を歩き出す。

聞いていたとおりの、鬱蒼とした森だった。木々が入り組んで生えており、月明りはわずかしか届かない。

持ってきた携帯用の明かりも、ほとんど意味をなしていなかった。

が、しかし。

『お嬢さん、仲間も呼んできたぜ。行くんだろ、森の主のところ。こいつは、土の精霊だ。昔から腐れ縁なんだよ』

そこも解決できてしまえるのが、精霊魔法らしかった。

親しくしている木の精霊だけではなく、たくさんの精霊が集まってくる。

彼らの放つほんのりとした光が、たくさん集まることで、しっかりとした明かりになってくれていた。

うん、これなら現代の夜道より安心かもしれない。

『で。お嬢さん、どうしてこんな時間に来たんだい？』

「森に行くなんて言ったら、屋敷のみんなに絶対止められちゃうからね。今しかなかったの」

『なるほど、そういう理由か。そりゃあ、しょうがねえな。じゃあ、早く帰れるように、一緒に主とやらを探そうか』

精霊は話し相手にもなってくれるうえ、捜索を手伝ってもくれる。

木の精霊は、風の精霊と協力して、高いところから森の主を探してくれた。

ころころした泥団子みたいな形をした土の精霊は、少しでも危ない道を見つけると、その上を転がるようにして舗装してくれる。

精霊の力は、それだけじゃない。集まっていることにより、小さな魔物くらいなら、勝手に去っていった。

おかげで、夜の森を快調に進んでいた私であったが……、しかし。

あるところで急に、あたりを飛んでいた精霊の数が減り始める。

「どうかしたの、みんな」と聞いたときには、もう遅かった。

『お嬢さん、そっちは……』

「え？」

精霊の数が減り、あたりが暗くなり始めていたせいで、前が見えていなかった。私は気づけば、急斜面に片足を踏み出しており、そこで慌てて後ろに身を引く。

そうして、どうにか落下することを免《まぬが》れることができた。

地面に尻餅をつき、すぐに後ろへと這《は》い戻る。それから私は胸に手を当て、ほっとひとつ安堵の溜息をついた。

「ねぇ、なんでみんないなくなったの？　崖があったから？」

それから、残ってくれていた木の精霊にこう尋ねる。

『いいや、下にとんでもない奴がいるからだな。この感じ、かなりやべぇのがいる』

すると、彼が震えた声でこう答えたから斜面の下を覗き込んでみて、ぎょっとした。

そこでは、犬のような白い獣が、人よりも大きなサイズの蜘蛛数匹と戦っているのだ。

「あれって……」

たぶんこれが、精霊たちが逃げ出した理由だろう。

いつか、あの木の精霊が教えてくれたことだが、この世界には精霊の対になる悪い存在として「悪霊」なるものが存在する。そして、それが力を持って実体化すると、魔物という凶悪な存在になるらしい。

つまり精霊と魔物も、敵対関係にあるのだ。

そして、たぶん、あの小さな白い獣も精霊の類なのだろう。特有の白い光を、その身に纏《まと》っているし、身体が少し透《す》けて見えた。

一方で、大蜘蛛のほうはといえば、どす黒いオーラを帯びているから魔物で間違いない。

戦況は、およそ一方的であった。

白い獣のほうは、蜘蛛の長く鋭い足で蹴り飛ばされるなど攻撃を受けるばかりで、ほとんど反撃できていない。

そして挙句の果てには、

『きゃん……！』

そのうちの一匹に身体の一部をかじられてしまっていた。

精霊は実体を持っていない。とはいえ、その白い獣が纏っていた光がいっそう弱くなったことを考えれば、エネルギーを食われてしまったのだろう。

あれが完全になくなったそのときには、彼は消えてしまうのかもしれない。つまり、それは精霊にとっての死だ。

心臓がばくと大きく鳴り、強く短い鼓動へと変わる。

そのうちにも、どんどんと白い獣の発するエネルギーは弱くなっていく。

どうすれば最善の方法なのかは、分からなかった。精霊たちが周りにいない以上、私にできることはない。

でも、それでも、助けたい。その思いから私の身体は、なかば勝手に動き出していた。

急斜面に勢いよく、足を踏み出す。

「うわ、わ、わ‼」

『お、お嬢さん‼』

が、その瞬間から岩場で躓いて、前へと身体が放り出されてしまった。

身体のコントロールを失い、私は目を瞑る。

そうして落ちた先は、どういうわけか、ふかふかの土だった。さらに、少しあとには身体がふわふわと宙《ちゅう》に浮く。


「土の精霊さん！　風の精霊さん！」

どうやら、私の無謀《むぼう》さを見かねたのか、助けに来てくれたらしい。

あれだけ恐ろしく強そうな魔物がいるにもかかわらず、だ。

『おいおい、お嬢さん！　ありゃ、本当にやべぇんだって』

木の精霊もこう言いながらに加わってくれて、斜面の障害物を避けておいてくれる。

が、しかし、下に行けば、彼らにとっては天敵ともいえる、たくさんの大蜘蛛がいるのだ。

「すぐ逃げてくれていいからね？」

と私は言うのだけれど、

『ここまできたら、もうそうはいかないな、怖いけど。お嬢さんの強い気持ちは俺たちにもよく伝わった。それを感じた以上は、お嬢さんのために動かせてもらうさ、怖いけど』

木の精霊は、明らかにびびりながらも、こう言ってくれる。風の精霊も土の精霊も、私の周りを渦巻いて離れない。

ならば、私としてもその思いに応えなくてはならない。

「みんな、力を貸して！」

私は両手に魔力を集めると、片手には風の精霊と木の精霊で葉っぱの渦を起こして、もう片手では土の精霊で泥をなす。

そのうえで両手を握り合わせると、それを下にいた大蜘蛛のほうへと向けた。

すると、手のひらからはうねった葉っぱの波と、土の波動が一気に放出される。

それはものすごい勢いだった。それこそ、子どもの身体ならその反動だけで身体が宙に浮いてしまうくらい。

だから、威力としては十分だった。

それをまともに食らった大蜘蛛は、その場でひっくり返ってしまう。

六本の脚をもぞもぞとさせる姿はなかなかにきついものがあったが、目を瞑りながらもさらにその攻撃を続けていたら、見えなくなるところまで吹き飛ばすことができた。

たぶん、それを見て恐れをなしたのだろう。ほかの蜘蛛たちも、そそくさと退散していった。

それを見送ってからしばらく、やっと窮地《きゅうち》を脱した実感が湧いてくる。

「や、やった……‼　やったよ、みんな！」

私は力を貸してくれた精霊たちを見上げて、手を高く挙げる。

今日初めて出会った土の精霊は戸惑っていたが、木の精霊や風の精霊が私の手のひらに触れていくのを見て、同じようにしてくれる。

『祝いの儀式みたいなものだよな、お嬢さん』

「うん、そうよ！」

まぁ、むろん現代日本においての、だけれど。

異世界だろうがなんだろうが、やっぱりこういうときはハイタッチだ。

「助けてくれてありがとうね、みんな」

『それなら構わないさ。しかし、お嬢さん。まだすべて終わってはないぞ。あの精霊獣、このままじゃ……』

木の精霊さんの言葉に、はっとする。そもそも、白い獣を助けるために、大蜘蛛と戦っていたのだった。

私は、すぐに後ろを振り向く。

そこでは、白い獣が地面に横たわっていた。

そして、それだけではない。現在進行形で、その精霊の身体からは光の粒がきらきらと空中に消えていく。

もしかしなくても、このままでは消えてしまうのかもしれない。

私は慌ててその獣の横にしゃがみ、「大丈夫？」と声をかけるのだけれど、まったく反応はない。

目を瞑っているし、ぐったりともしていた。

「ねぇ、みんな！　これ、どうすれば？」

『……お嬢さん。残念だが、この状態になったら、いくら力のある精霊獣とはいえもう……』

木の精霊が私の肩に降りてきて、こう漏らす。

そのあとになにが続くのかは、言われずとも分かる。

が、このままただ見送るのは嫌だった。できることは全部、試してみたい。

なんとなくだが、ここで諦めることは、アルバートの命をも諦めることに繋がるような、そんな気がしたからだ。

こうなったらもう、思い付きでもなんでも、やるしかない。私は手のひらに、魔力を溜めていく。

『なにをするつもりだ？』

「分からないけど……やるだけやってみる！」

私の魔力は精霊たちの力を借りることができるだけではなく、その力を増幅させたうえで使うこともできる。

ならば、だ。

精霊の生命力そのものを補充することもできるかもしれない。

そんなふうに考えたのだ。

そして実際、それはうまくいった。

私が魔力を込めた手のひらを、白い獣のお腹に当てると、彼が纏っていた淡い光がだんだんとその強さを増していく。

『すごすぎるぜ、お嬢さん。おれたちの声が聞こえるのも驚いたが、あの状態の精霊獣を治療してしまえるなんて……。何者だ？』

これには、木の精霊が感心したように漏らす。

かなり珍しがられているようだった。もしかしたら、この辺りはそもそも人が少ないから、必然的に私と同じ魔法を使える人が少なかったのかもしれない。

しばらくして、白い獣の閉じていた瞼がそっと開く。

奥から藍色の瞳が覗いて、私はほっとひとつ息をついた。

「よかった、ちゃんと生きてるみたいね。間に合ってよかった」

引き続きその身体に魔力を送り込みながら、目を合わせてこう声をかける。

それに対して、その小さな白い獣はといえば、

『……なんで』

地面に伏せたまま、こう小さく呟いた。

『どうして、ぼくなんかを助けてくれたの？』

幼い男の子のような、少し甲高い声だった。

だが、その質問は普通の子どもがするようなものではない。

「どうしてって、とっさに身体が動いたから……かな？　それに、目の前で襲われてるのを見ちゃったら、助けるのが普通でしょ」

『……そういうものかな』

「うん。ねぇ、あなたは、あの場所でなにをしてたの？」

『……父さんに命じられて、特訓をしてたんだよ。魔物を倒せるくらいにならないと、精霊狼として一人前になれないんだ』

「え。あなただけで、あんな何匹も？」

『ぼくらみたいな精霊狼は特別なんだ。先祖代々、そうやって成長してきたんだってさ』

察するにたぶん、精霊狼たちのならわしのようなものだろう。

それを、ひどいとは思わない。私には守られるべき犬のようにしか見えないが、精霊狼の種族としては、普通のことかもしれないからだ。

『ぼくには難しいみたいだけどね……』

それより気になったのは、この弱気さだ。

自分にはなにもできない、どうせ自分なんて、とそんなふうに決めつけてしまっている。

まるでいつかの自分を見ているかのようだ。

私も前世では、そうだった。今世こそ、やりたいことをやろうと決めているが、色々と自分で勝手に理由をつけて、諦めることも多かった。

たとえば茉莉との関係だって、嫌だと思っていても、「私なんかが言えるわけがない」と、ずるずる関係を続けていたっけ。

そんな過去を思い返していたら、治療は完了したらしく、精霊狼の身体は魔力を吸収しなくなる。

実際、その子も四本足で立ち上がれるようになっていた。

『……ありがとう』

と、か細い声で礼を言う彼に、

「ね、あなたはどうなりたいの？　強くなりたい？」

私はこう尋ねる。

『……うん。できれば、父みたいな立派な精霊狼になりたいよ。ぼくは、跡を継がないとならないし、そうなりたい。でも、ぼくみたいなへなちょこには――』

返ってきた返答は、また否定が続きそうになるから、私はそこで口を挟んだ。

「はい、それ禁止！」

『え……？』

「だって言い訳してもしょうがないもん。なりたいならなろうよ！　私も手伝うからさ」

『そんなの、どうやって』

「とりあえず、今から特訓するっていうのはどうかな！　私が途中でこんなふうに助けに入れば、魔物とも戦えるでしょ？」

私は小さな拳を握りしめて、精霊狼に言う。

まさかそんな提案がくるとは思いもしなかったらしい。驚いたようにこちらを見つめてくる藍色の瞳をまっすぐ見返していたら、

『おいおい、お嬢さん。この森の主に会うっていう目的、忘れてはないだろうな？』

後ろで見てくれていた木の精霊から、こう突っ込みが入った。

喋れない風の精霊、土の精霊も、それに同意するようにあたりをくるくると回る。

もちろん、忘れているわけじゃない。精霊狼のことも見捨ててはおけないが、本命はアルバートの命を救うことだ。

「うん！　ちゃんと、この森の主さんに会わないといけないのは分かってる。でも、だったら、見つけるまで一緒に特訓すればいいでしょ？　ナイスアイデアじゃないかな」

『……そりゃあ、お嬢さん。そうかもしれねえけど』

「じゃあいいでしょ！　で、どうかな？」

私は相変わらずかがんだまま、精霊狼にそう尋ねる。

すると彼は少し迷ったように私を見ていたが、やがて口を開く。

『……ぼく、やるだけやってみるよ。君のおかげで少しだけど勇気が出たから』

さっきより少しだけ力強さを感じる、いい返事だった。

顔色もさっきよりよくなった気がして、私は思わず笑みをこぼしてしまう。

そこへ彼は『それに』と付け加える。

『その森の主って、たぶんぼくの父さんのことだからね。ここ『灯の森』は代々、ぼくら一族が精霊の主を務めているんだ。案内するよ。匂い的にこっちだね』

まさかの偶然だった。

『……お嬢さん、ついてるなぁ。さすが精霊に愛されるだけあるぜ』

木の精霊が漏らしていた言葉のとおり、本当に運がいい。

まぁたしかに考えてもみれば、精霊獣に会うのは今日が初めてだったし、精霊といえば、葉っぱや風など、そのもののイメージだったから、生きものと同じような見た目をしている時点で珍しいとは思っていたが。

なんにしても、願ったり叶ったりだ。

特訓をできるうえ、当初の目的も叶うのならいうことはない。

「じゃあお願い！　あ、自己紹介しないとね。私、リリー。どうしても助けたい人がいて、あなたのお父さんを探してるんだ」

『それって、大切な人？』

「お兄ちゃん。優しくて、格好いいんだよ」

私はそこまで言うと立ち上がって、周りの精霊たちのほうに目をやる。

「みんなも一緒に来てくれる？」

と言えば、木の精霊は仕方なさそうに葉を軽く折って頷く。風の精霊も私の足元まで降りてきてくれた。

一行に、精霊狼を加える形となり、彼の案内で森の中を進んでいく。

精霊狼は、私のような精霊魔法使いが魔力を注ぐことで、触れられるようになるらしい。

彼が背中に乗せてくれると言うから、私は楽に移動させてもらう。そのうえ、もふもふに手を沈められるのだから、幸せそのものだ。

道中は、周りにたくさんの精霊がいるからか、魔物は近づいてこず、基本的には安全だった。

が、まったくゼロというわけではない。どれだけ精霊が集まっていても、大型の魔物は怖気《おじけ》づかずに攻撃を仕掛けてくる。

『う、うわぁ‼』

蛇型の魔物が出たときには、精霊狼はひっくり返りそうになったのち、必死に逃げ惑う。

もちろん彼に乗っている私も振り回されて、少し目が回った。

が、しかし、相手の蛇型魔物も速い。地面をするすると動いて、私と精霊狼の前へと回り込む。細く鋭い目をこちらへ向けてきた。

『ど、どうしよう』

「もう戦うしかなさそうだね」

『……そんなぁ』

精霊狼は身を縮こまらせて、ぶるぶると震え始めた。

こうなったらもう、私たちでやるしかない。そして、だ。私にはひとつアイデアがあった。

「土の精霊さん、行くよ！」

私は手元に練り込んでいた魔力を、土の精霊へと向け、大蛇を囲うように、直方体の土壁をなして逃げ場をなくす。

『す、すごい……』

と、精霊狼は安堵したようだったが、これで終わりじゃない。

私は続けて風の精霊に協力してもらい、土壁の真ん中に穴を開けた。

『な、なんでそんなこと……！　せっかく動きを止められたのに』

「あなたが倒すの！　蛇は絶対にあの穴から出てくるでしょ？　そこを狙い撃ちってわけ！」

『え、え～！！』

森の中に精霊狼の情けなさ全開の声がこだまする。

そんな中、いよいよ大蛇がうごめき始めて、土壁の奥からはすれるような音が鳴り響く。それで精霊狼はちらりとこちらを見る。そのうるうるとした瞳には、ペットに接するみたく、つい甘くなってしまいかけるが……

「私は今度は助けないよー」

それをどうにか堪えて、私はあえて厳しい態度、手をあげて協力できないことを表す。

そこへ、襲撃《しゅうげき》があった。

丸めていた身体を伸ばすようにして、大蛇が勢いよく大口を開けて飛び出てくる。

『あぁ、もう‼』

精霊狼はまだ明らかに怖がっていた。

が、しかし、目を瞑りながらも彼は、その前足を大蛇の頭へと打ち付ける。

「グモォォ‼」

それが、かなりの威力だった。大蛇は派手に宙を舞い、その身体を大木の幹に打ち付けられる。

そしてそのまま動かなくなった。

わけも分からず瞬きすること少し、大蛇が起き上がってこないのを見て、勝利を確信した。

強いじゃん、普通に。いや、なんならかなり。

『リリー、ぼく、やったよ！』

精霊狼は、そう嬉しげにはしゃぎ、辺りを跳び回る。

その姿は可愛いのだけれど、強さは桁違いだ。これには、木の精霊も『ポテンシャルすごいな……』と感服していた。

まぁすぐあとに、大きなクマのような魔物が出てきて、またびっくりするくらいびびってはいたが。それでも最初よりは少し自信もついてきたらしい。

その後も、何匹か魔物と出くわすが、なんだかんだで倒して先へと進む。

そう思っていた矢先、

『もうすぐ、父のもとにつくよ』

精霊狼がこう呟いた。どうやらいつのまにか目的地は、すぐそこまで迫っていたらしい。

森の主である精霊狼だ。いったいどんな立派な姿をしているのだろう。

勝手に想像を膨らませながら、そのときを待っていたら、ふっと精霊狼の足が止まった。

見れば、大きな岩の上に、このびりな精霊狼よりかなり大きい精霊狼が、悠然《ゆうぜん》とした姿で座っている。

「……わ」

つい声が漏れるくらいの威厳だ。

単純に、その体長が立派なこともあろう。座っている状態で優に二メートル近い大きさをした狼だった。

『なにやら大所帯だな。ここまで集まるとは珍しい』

その姿は普通の精霊とは違う。小さな光の粒こそまとっているが、その身体は透けたりせずに、実体を伴《ともな》っていた。

高位の精霊は、誰にでも見られるようになるとともに、普通の精霊のように、生まれた場所に縛られることもなくなる。そう、いつか木の精霊に聞いたことがあったが、彼はその高位の精霊らしい。

そして、だ。

「……あなたは」

私は、この狼を知っている。

赤と青のオッドアイに、額に輝くダイヤのような紋。見間違えるわけもない。

私がこの世界へ転移してきた際に、初めて会った獣だ。

あのときは、精霊がいるなんて知らなかったから、魔物かなにかと勘違いして、食べられてしまうかと思ったが、彼がこの森の主だったらしい。

すぐに寝てしまって記憶には残っていなかったが、あの場所は、この屋敷からほど近い場所だったのだ。

『この感覚。お前は、あのときの捨て子だな』

「お、覚えてくれていたのですか。今はリリーと言います。そ、その節はお世話になりました」

私は緊張して、かしこまって答える。

『うむ。かなり大きくなったみたいだな。それでも、まだまだ小さいが。あの商人ともども息災か？』

「パパ……えっと、ハリドなら元気です。毎週のように色々なところを行き来して、商売をしているみたいです。あの。でも、兄のアルバートの体調がどうしてもよくならなくて……。もう余命宣告、あと少ししか生きられないって話もあって。えっと、とにかくどうか、助けてほしいんです」

突然の再会に驚いて、四歳の頭では処理しきれなかったらしい。頭の中が混乱して、私はまだ挨拶も、状況説明もしていないというのに、支離滅裂《しりめつれつ》になりながらも一気にお願い事をしてしまう。

それに対して、その森の主は冷静だった。

自分の子である精霊狼へと目を向ける。

『お前は、どうしてここにいるんだ？　試練はどうなったんだ？』

『……ごめんなさい、父さん。失敗しました。それで蜘蛛の魔物に襲われて消えかけていたところを助けてもらったんです。で、リリーが父さんを探しているって言うから』

『そうか、それでこの少女が。そんな経緯があったのだな』

森の主は目を閉じて眉を寄せ、険しい顔になる。

それが怒りを堪えているように見えて、

「えっと、でも、そのあとは私と一緒に練習しながらここまで来たんです！　魔物もかなり倒せるようになってますよ」

私がこうフォローを入れれば、それに『そうだな』と土の精霊も同意してくれる。

『……ふむ。そう言われれば、少しはましな顔つきになった気もするな』

「はいっ、もうずいぶんましです！」

『り、リリー。それは、褒められてる気がしないよ』

ぼそぼそとした声でこう苦情が入る中、森の主は、子である精霊狼と私の顔を相互に見る。

『リリーといったな。お前の望みは、兄の病を治したいとのことだが、いったいどんな症状だ？』

それから私にこう尋ねてくるから、私はその症状をできるだけ細かに説明した。

対処法があるのかどうか。私が期待と不安の間で揺れ動いていると、

『魔力不全か。それであれば、対処をできる薬草を知っている』

森の主はこう答えてくれる。

「ほんとですか⁉」

一気に希望の光が見えた気分だった。

私は森の主の顔を見上げて、それからぺこぺこと頭を下げつつ、「ありがとうございます」と何度も礼を述べる。

が、しかし、森の主の言葉には続きがあった。

『ただ、今ここにあるわけではないからな。薬効のあるノーマという薬草は、このあたりでは、魔物をも飲み込むという滝の奥にのみ生えるとされる貴重なものだ。見た目は小さくて白く、

壺のような形をしている』

「……滝の奥、ですか」

『うむ。ただ、リリー。お前の能力があれば、取るのは難しい話ではないだろう。そこで、だ。すまないが、ひとつ頼まれてはくれないか』

ここまで聞いておいて断るわけにもいかない。私は首をひとつ縦に振る。

そうして飛び出したのは、

『痛み入る。リリー、お前の力はこの短時間でもたしかに愚息《ぐそく》を変えている。そこで、だ。ほかの精霊の力は借りず、この愚息とともに採取に臨んでほしいのだ』

思ってもみない申し出だった。これには精霊狼自身も驚いている様子を見せて、しばらくは放心したように、ぽかんと口を開けている。

が、すぐにきゅっと口元を結び、引き締まった顔に変わった。

『リリー、ぼくからもお願いしていいかな。ぼく、強くなりたいんだ。今は、さっきまでより強く、そう思う。だから……』

覚悟の決まった顔でこんなことを言われたら、答えはひとつしかない。

「うん、やろう！」

『おいおい、おれたちなしで大丈夫かい、お嬢さん』

木の精霊さん、風の精霊さんが心配してくれるが、私は大きく首を縦に振る。

「大丈夫にするんだよ！　気にかけてくれて、ありがとうね」

こう答えて、出発することにした。


目的地である滝までは、そう遠くなかった。

森の主に会った場所ではすでに水音が聞こえていて、そちらへ向かえば、そこに待ち受けているのは、かなり立派な滝だ。高いところから十分すぎる水量の水が豪快に落ちてきて、しぶきをあげている。

たぶん現代にあったなら、有名な観光スポットになっていただろう。

私は思わず見惚れてしまって少し、はっとした。

いくら旅願望があるからって、今は観光をしている場合ではない。

「あの裏側って、どう行けばいいのかな」

『……回り込めるような場所はなさそうだよね』

精霊狼は、あたりを歩き回りながら言う。たしかに見る限り、横から飛び込めるような隙間《すきま》は存在しないようだった。

とすれば、取れる方法は限られてくる。

「飛び込むしかない……のかな」

私がこう呟くのに、精霊狼は全力で首を横に振る。

『そ、そんなの、できないよ。魔物が流されちゃうんでしょ。簡単に身体を持っていかれちゃうに決まってる』

さっきの意気込みはどこへやら。

実際に滝を前にして、その身体は震えてしまっていた。

明らかに怯《おび》えていることが、その身体に触れているだけで分かる。

ただ、大蛇の魔物を倒してしまうほどの実力を持つのが彼だ。

そのときの動きを思えば、少しサポートをすれば、滝が落ちる勢いにくらいなら負けないような気もしていた。

「ねぇ、やってみようよ」

『でも……』

「不安なのは分かる。でも、たぶん。やらないと後悔することになる。それは私も、あなたも」

『でも、もし失敗して、あの水の中に落ちたら取り返しがつかないんじゃ――』

「だから、それ禁止！　失敗したあと、どうなるかは考えなくてもいいと思う。失敗できないより、よっぽどいいよ！」

私は精霊狼だけでなく、過去の自分にも聞かせるようにこう言い切った。

「私は、どうしてもお兄ちゃんを助けたい。だから、怖いとは思うけど、手を貸してくれないかな。私もできるだけ魔力のサポートはするから！」

そのうえで再度、こう頼み込んだ。

『……リリー』

精霊狼は、私のほうに首を振り向けたまま、ぼそりと私の名前を呟く。

それから前を向いて溜息をついたと思えば、

『ぼく、とりあえずやってみるよ……』

やや自信がなさそうながらにこう言ってくれた。

さっそく、滝から距離をとり、後ろ足をかがめると、彼は飛び込む態勢に入る。

そこで私は手に集めた魔力を、彼の頭のあたりから徐々に放出させていった。

意識するのは、彼の身体を覆《おお》うような流線形だ。

これで、突進した際の勢いは、割増になるに違いない。

『リリー、そろそろ行くよ』

と、確認が入るのに、私は「うん」とひとつ返事をする。

それから間もなく、精霊狼は猛然《もうぜん》と滝に向けて走り出した。

一気にトップスピードに乗り、そのままぎりぎりのところで、地面を強く蹴上げる。そうして、滝に突入していくが、しかし。そこで、はじき返されてしまった。

「うわっ……‼」

私もシロも、滝壺に落ちる羽目になる。

四歳の身体は、十全《じゅうぜん》には動かない。

危うく溺《おぼ》れかけていたところを、精霊狼が助けてくれて、どうにか元の場所へと這い上がった。

精霊とはいえ、私が魔力を与えている間は、実体を持つから、ずぶ濡れになっていた。

ふわふわだった毛が、すっかりとへたり、その身体はさっきよりも小さく見える。その姿勢で俯《うつむ》くと、なおさら頼りない。

これはもう、しばらくは立ち直れないかもしれない。

私は自分の濡れた服の裾を絞りながらそう思うのだが、しかし。

『リリー、もう一回、やろう』

彼の心は折れていなかったらしい。彼は四本足で立ち、顔を上げる。

「……大丈夫なの？」

『うん。やるしかないんだ。ぼくは、この壁を今日、越えてみせる……！』

失敗を経て、彼自身、なにか火がつくところがあったのだろう。そんな姿勢を見たら、お願いしている側の私が答えないわけにはいかない。

「……うん！　お願い！」

さっきと同じく、流線形を意識しながら、魔力を彼の頭のあたりで放出させる。

そのうえで、再度飛び込むが、しかし。またしても、はじき返されてしまった。

それを何度も何度も繰り返す。

やがて精霊狼も、私も息が上がってくるが、それでもどちらも諦めることはなかった。溺れかけても、生傷ができても決してめげない。

「今度こそ行くよ、リリー‼」

「うん、行こう‼」

そして、もう何十回目の挑戦。私たちは、再び滝へと向けて飛び出す。そして、そこで、その偶然が起きた。

なにかの拍子《ひょうし》に、滝の勢いが一瞬弱まったのだ。

その隙に私たちは、滝の奥へと入り込む。

そうして彼は、滝の奥にあったわずかなスペースに綺麗に着地を決めた。

その足元すぐに、目当ての薬草・ノーマらしきものが群生している。

「や、やった‼」

これがあれば、アルバートの治療ができる。そう思うと、喜びが一気に込み上げてきて、私はぐっしょり濡れた髪と顔を振って払いながらも、こう叫びあげる。

『……ぼく、できた！　できたよ、リリー！　リリーのためだって思ったら、できちゃったよ。まさかぼくに、こんなことができるなんて！　サポートまでありがとうね！』

一方で、精霊狼のほうも、こう快哉《かいさい》をあげて、狭いスペースの中をぴょんぴょんと跳ね回っていた。

あまりの可愛さだった。

「やったね、おー、よしよし、可愛いなぁシロは」

これには、つい私は彼の頭へと手を伸ばして、わしゃわしゃと撫で回してしまう。水遊びをしてはしゃぐ犬みたいで、愛おしくなってしまったのだ。

サイズ感的には大型犬だから、なおさらだ。

それに、野良猫に勝手に命名するみたく、名前までつけてしまった。しかも、色から考えた安直な名前だ。

「ご、ごめんね」

私はすぐにこう謝るのだけれど、彼はぶんぶんと首を横に振った。

『ううん、むしろ気持ちよかったよ。もっとやってほしいくらいかも。それに、「シロ」っていうのもいい名前だね』

「……そう?」

『うん。名前をつけてもらえるのは、ぼくら精霊狼にとっては一人前の証でもあるんだ。その名前、ぼくが一人前になったら使わせてもらうね』

「気に入ってくれたならいいけど」

「うん、すっごくいい名前だよ」

許しを得たこともあり、私は会話をしながら、再びその毛を撫でる。

しばらくそれの虜になって、撫で続けることどれくらいか。

背中に急に寒気が走って、私はひとつくしゃみをする。

『このままじゃ風邪ひいちゃうね』

「……だね。早く採取して戻ろっか」

本当ならまだまだ撫で続けたかったが、しょうがない。私は彼の背から降りて、ぽつぽつと白い花をつけている、ノーマという薬草をいくつか摘み、スカートの裾部分に挟む。

そのうえでもう一度、シロ（仮称だけど）の背中に乗せてもらうのだけれど、そこで問題が起きていた。

『これ、また飛び込むのを繰り返すしかないかも……』

「……だね」

そう、トライ&エラーの末、私たちはここにたどり着いたのだ。

だったら帰りも同じ手をとるしかないが、それでノーマの薬草が水流でめちゃくちゃになってしまったら、なんの意味もない。

どうしたものかと困っていたら、滝の裏側に、木の精霊、土の精霊、風の精霊たちが現れた。

「ど、どうしてここに⁉」

こう木の精霊に聞けば、

『すぐ後ろの林から見てたんだ。おれたちは、滝の狭い隙間から入ってこられるしな』

とのことだった。

どうやら、ただ送り込むだけではなく、後ろからついてきて見守ってくれていたらしい。

『もう試練はクリアだ。おれたちの力を使ってもいいから戻ってこい、って森の主が言ってるぜ』

『……父さんが』

私はシロと目を合わせて、くすりと笑い合う。

それから精霊たちの力をも借りたうえで、再度滝をくぐり抜け、元の場所へと戻った。

『しかし、お嬢さん。何回も飛び込むなんて、なんつー無茶なことをやるんだ、まったく』

「あはは、ちょっとやりすぎたかな」

『まったくだ。ひやひやさせないでほしいぜ』

木の精霊と改めてこんな会話を交わす。

そこで、再びくしゅんとくしゃみをすれば、風の精霊が慌てたように、こちらへ風を送ってくれる。

乾かそうとしてくれていること自体はありがたかった。が、風を受けている間は結構寒い。

それで身体を抱えていたら、いつのまにか、なんだか緊迫《きんぱく》した雰囲気が流れていた。

そこではシロと森の主とがお互いにお座りの姿勢で、正面から向き合っている。

『父さん、ぼく……』

『なにも言わずともよい。見ていたからな。不可能にも見える困難に立ち向かう姿勢、実に立派な勇気だった』

『ありがとうございます。ぼくも、いつか父さんみたいな一人前になります』

『うむ。いい顔だ。一つひとつ、乗り越えていくといい』

『はい！』

気持ちのいい返事だった。それに対して森の主はここで少し間を空け、目を瞑る。

そのうえで、

『……特別だ。まだ一人前ではないが、与えてもらったのならば「シロ」という名は、これから名乗るといい』

こう許可をしてくれた。

それは、私にとっても嬉しい瞬間だ。思いあまって、シロに乗ったまま、彼に抱き着く。

「よかったね、シロ！」

『う、うん！』

そのまま、喜びを分かち合った。

そうしていたら、森の主が私の腰元に鼻を寄せてくる。なにかと思ったら、腰に挟んでいたノーマの薬草を器用にも、その口にくわえる。

『これだけでは、薬にはならない。我のような一人前の精霊獣が噛むことで、効力を発揮するようになるのだ』

「それ、どうするの」

彼はそう教えてくれたのち、むしゃむしゃと葉を噛む。

ただ食べられたようにしか見えなかったのだが、彼は口の中から、丸くなった球状のものを私の手に置いた。

『精霊の丸薬だ。我は『灯の森』の主。灯とは、命のことを指す。死者をよみがえらせることはできずとも、命の灯を強くすることくらいはできる。これで、お前の兄の病はきっと治る。さあ、早く戻るがいい。そろそろ、夜が明けるぞ』

言われてみれば、あたりは少しずつ白み始めていた。少し前より、かなり視界がはっきりとしている。

真夜中に出てきたことを考えれば、結構な時間が経過していたらしい。

完全に夜更かししてしまった……そう思うとともに、はっとした。

そろそろメイド長のメイさんが起床して、子ども部屋を見回りに来る頃だ。

こんな時間にベッドにいなかったら、大事にされる可能性もある。大捜索が始まったりして……

「うん、そうする！　急いで戻らないと怒られるよ」

『はは、それであれば我が送り届けてやろう』

「え、いいの？」

『もちろんだ。元気な顔が見られただけではなく、息子まで助けてもらったのだから、むしろこれくらいさせてくれ。さぁ、我に乗るがいい。我は温かいぞ』

お言葉に甘えさせてもらって、私は森の主の背中に乗せてもらう。

シロも十分速かったのだけれど、さすがは森の主だ。

彼は桁違いに速かった。そして、毛のふかふか具合も段違いだ。お高いクッションだって目じゃない。

そしてどういうわけか、あっという間に身体から水気が消えていた。

『我の毛は、特殊でな。速乾性があるのだ』

とのこと。まるで、水泳部が持っていた、すぐ水気の消えるセームタオルみたい。そんなふうに思ったのは秘密にしておくとして。

全身が沈み込むほどの柔らかさを堪能していたら、子どもだからか、安心感を覚えて、身体の力が抜けていく。気づけば寝ていたようで、目を覚ませば、いつものベッドの上にいた。

たぶん、森の主がここまで連れてきてくれたのだろう。

「リリー様、よく寝ていらっしゃいましたね」

と、メイさんが微笑みかけてくるから、私はこくりと首を縦に振った。

「ちょっと眠くて」

「まだ寝てらしてもいいのですよ」

昨日の夜の体験が嘘だったのかと思うくらいの、日常だった。

だからもしかして夢だったのかと少し疑うが、そんなことはない。手の中にはきちんと、昨日、森の主からもらった丸薬が残っている。

起き出したのは、もう昼だった。私はさっそくアルバートの部屋を訪れて、その丸薬を手渡す。

「これで、お兄ちゃんはきっと治るよ。だから絶対に飲んで」

「……これは、薬かな。はは、ありがとう、リリー。嬉しいよ」

たぶん信じてもらえてはいなかった。頭を撫でてもらったが、その際の笑顔は明らかに作り笑いだった。

だが、その場で飲むのを確認したから、私としては目的達成だ。

あとはその効果があるか、だけど……森の主謹製《きんせい》の薬はさすがの効果だった。

アルバートの体調はみるみるうちに回復していく。

そして、ひと月の内に完治まで至った。

これには、お医者さんたちも奇跡が起きたと、不思議がっていた。どうやら精霊が奇跡を起こすというのは、こういうことらしい。

◇

それから一年弱が経ち春。三月を迎えて、私はついに五歳になった。

この世界は、現代日本とは大きく異なり、貴族以外の子は何歳になっても学校などに通うことはない。五歳になると、お手伝いとして働くこともしばしばだと、ハリドから聞かされていた。

そして今日、誕生会のあとに、ハリドから自室に呼び出しを受けた。

それがどういうことかは、分かっていた。

だから期待に胸を膨らませて、予定時間より少し早く、ハリドの部屋の戸を三回ノックする。

「失礼します」

中に入る前に足を揃えてこう頭を下げれば、ハリドは苦笑いをしていた。

少しかしこまりすぎてしまったらしい。

「リリー、どこでそんな所作《しょさ》を覚えたんだ？　うちのメイドの真似か？」

「……えっと、うん。そんなところかな」

本当は社会人時代の癖が出てしまったわけだが、そんなことを言えるわけもない。

「それで、お父さん。話があるんだよね？」

私はすぐに話題を変えることとする。

この一年で「パパ」呼びは卒業していた。それに、「お父さん」としっかり呼べることも、これからあるだろう重大な話のアピールになる。

「あぁ、そうだったな。リリー、前から旅に出たいと言っていたな」

やっぱり、ハリドの話はその件だ。

私は食い気味に、「うん」と答える。

旅に出て、色々な美味しいものを食べて、やりたいことをやりたいようにやる。

その希望は、数年前から変わっていない。なんなら、強くなっているくらいだ。

「今度こそ連れていってくれるの？」

「はは、そう急かすな。そのつもりで聞いたんだ。もう五歳だしな。リリーは、ずっと一緒に行きたいと言っていただろう？」

「うん！　……あ、でもお兄ちゃんは？」

「あぁそれか。実はな、アルも一緒に旅に出ようかと話しているんだ。もうすっかり身体もよくなったからな」

それを聞いて、私は思わず笑顔になる。

そう、最近のアルバートは、もうすっかり元気を取り戻していた。

最近では魔法の練習も始めているようだし、積極的に外出もしている。遊びに付き合ってくれることも増えて、この間などは彼ひとりで川まで連れていってくれた。

ならば、彼の夢である「ハリドのような立派な商人になる」ためにも、旅に出てほしい。

それに、もう五年間も一緒に暮らしているのだ。できればこれからも、そばにいてくれれば嬉しい。

そんなふうに思っていたのだ。

「で、どうだ、リリー。父さん、お兄ちゃんと一緒に来るか？」

「うん、行きたい！　行かせてください！」

私は、ハリドを見上げながら、こう即答する。

すると、彼は腰をかがめて私の頭を撫でると、

「よーし、いい子だ。これからは厳しく行くぞー」

なんて言う。

ちなみに、「厳しく」という言葉はこの一年でもう何度も聞いてきたが、実際にそう感じたことは一度もない。

商人になるため、言葉や計算の勉強こそさせられたが、それは転生特典のおかげで余裕だったしね。

「そうと決まったら、準備を進めていかないとなぁ。数日後にはちょうど、商談の予定があるんだよ。それに、今回は少し長旅になるからね」

「準備ってたとえば？」

「持ちものとか、身なりを整える必要もあるな。あとは、そうだな。村に友達とかはいるか――って、このあたりは幼い子がいないんだったな。じゃあ、さようならをするのはメイドたちくらいか？」

さようなら。

その言葉を聞いて、ふと背筋が伸びた。

たしかに、村に友達などはいない。が、仲良くなった精霊たちは、たくさんいる。

そして精霊たちは、森の主のような高位の精霊以外は、その生まれた場所に縛られていて、一定以上離れることはできない。

つまり旅に出るということは、彼らとは別れる必要があるということだ。

「ん、どうかしたか、リリー」

「えっと……な、なんにもないよ」

そう誤魔化すのが精いっぱいだった。

今更になって気づいてしまった事実は、私をひどく動揺させる。

望んでいた話だったのに、そこからの話は覚えていない。気づけば部屋の外に出ていて、私は無我夢中で森のほうへと駆けていく。

いつもなら、人目をはばかって夜に動いていたのだけれど、心を抑えられなかった。

『よぉ、お嬢さん。今日は珍しいなぁこんな時間に』

森に入ってすぐ、木の精霊がこう話しかけてくれる。

いつもどおりの調子だ。言っていないのだから当然だが、まさか別れがくるだなんて、思ってもいないらしい。

その態度には思わず、うるりときてしまう。大人なら我慢できたのだろうが、身体が子どもだからか、涙がすぐに溢れてしまった。

『おいおい、お嬢さん。大丈夫か？』

それを木の精霊が心配して、下から覗き込む。

そこへ、土の精霊と風の精霊がやってきた。木の精霊はすぐに吹き飛ばされそうになるが、それを土の精霊が掴まえる。

『ふー、助かったぁ。まったく風の奴が来るといつもこうだから困るぜ』

いつもの何気ない光景だ。

だがこれも、旅に出てしまえば、もう見られなくなってしまう。

私がいっそう切ない気持ちになっていると、そこへ現れたのは……

『あれ、リリー？　って、どうしたの、なにかあった？』

精霊狼のシロだった。

初めて会ったときに比べて、かなり身体が大きくなっていた。精霊獣はどうも、精神的な成長が身体の成長にも影響するらしい。座った状態でも、その背たけは百七十センチくらいまで伸びており、狼というにふさわしい立派な体格になった。

シロとは、あの丸薬をもらった夜から、とくに親しくしてきた。

あれからも特訓と称して、森の至るところに出かけていっては遊んだり、単に一緒に眠ったり。その思い出は、一年とは思えないくらいにはたくさんある。

彼とも別れなくてはいけない。そう思うと、さらに切ない気持ちが強くなり涙が溢れてきた。

精霊のみんなは、そんな私を泣きやむまで見守ってくれる。

おかげで少し落ち着くことができて、私は事情を彼らに伝えた。

『……そうか。前から旅に出たいとは言っていたもんなぁ。お嬢さんがいなくなるのは寂しいけど、応援してるぜ』

『……うん、ぼくもだよ。ぼくも、リリーの夢は応援してる』

みんな、寂しそうにしてくれていた。声を出せない風の精霊、土の精霊も悲しげな表情を見せる。

しんみりとした空気が場に流れていた。

いつも彼らといるときは、賑やかになるのに、誰もしばらく言葉を発しない。

そんな状況を打ち破ったのは、木の精霊だ。

『まぁ、またいつでも帰ってくるといいぜ。お嬢さんのことは忘れないからよ。しんみりしてねぇで、今日もどこか遊びにでも行こうぜ。な、それがいいって絶対』

無理に明るく振る舞ってくれているのは間違いなかった。

だが、たしかにずっとこんな空気のままでいるのも嫌だった。終わりが近いのなら、なおさら楽しい時間を過ごしたい。

そうも思っていたから、私は気を取り直して、少し遊びに出る。

時間が経つのはあっという間だった。すぐに日暮れが近づいてきて、私は屋敷へ戻ることにする。

そろそろ捜索されていてもおかしくない時間だ。

帰り道、みんなに送ってもらって、柵を越え屋敷の敷地まで戻る。

そこで改めて「さようなら」を告《つ》げたら、またしても、しんみりしそうになったが、

『まだ明日すぐに出発するってわけじゃないんだろ、お嬢さん。元気出せよ』

木の精霊がこう励まして、前を向かせてくれた。

私は気を取り直して精霊たちが森に戻っていくのを、姿が見えなくなるまで見送る。

が、しかし、結局すぐあとに、胸の締まるような寂しさが顔を覗かせた。

これで彼らには、出発するまであと何回会えるのだろう。

ふとそんなことを考えてしまって、私が森の方を向いたまま俯いていたら、『リリー』と名前を呼びかけられる。

それではっと見上げれば、ほかの精霊たちと帰っていったはずのシロがそこにはいた。

「シロ……！　なんでここに？」

『言えなかったことがあったから戻ってきたんだ。……ぼくね、今日ずっと考えてた。リリーの夢を応援したいって言ったけどさ。正直に言えば、寂しい。行かないでほしい、ってそう思ってた』

「……シロ」

『夢を応援したいのは本当だよ？　でも、やっぱりこれで終わりは嫌だよ。だって、ぼくはリリーに助けられたから今がある。名前だって、リリーにもらった。たった一年ぐらいの付き合いだけどさ。ぼくは、リリーと別れたくない。これからも一緒がいい。できればついていきたいくらいだ』

でも、とシロは力なく笑う。

『ぼくは、父さんみたいな高位の精霊にはまだなれないから、この森を離れることはできない。だから、さ。いつかぼくが立派になって、身体を手に入れたら、一緒に連れていってくれる？それが言いたくて、戻ってきたんだ』

嬉しすぎる申し出だった。

そんなの、私も同じに決まっている。私だって、もっと同じ時間を共有したいし、たくさん話もしたい。

そう考えると、一度は止めたはずの涙がまた自然と込み上げてきた。今度ばかりは、もう止めようがない。

何度拭《ぬぐ》っても、次々に零《こぼ》れ落ちてくる。

『ちょ、リリー？　ごめん、大丈夫？』

「うん、大丈夫。それと、大歓迎だよ！　いつか絶対、迎えに行くね！」

私は嗚咽《おえつ》のせいで震える声ながらも、彼にこう伝える。それに対して、

『うん！　そのときにはきっともっと立派な精霊狼に——』

シロがこんなふうに答えようとした、そのときのことだった。

突然シロが身体をぶるりと震わせたのち、煌々《こうこう》と輝き始めた。

「し、シロ⁉」

見たことのない現象だった。それだけに、なにか異変があったのかもしれない。

私はそう焦ってしまい、とりあえず山へ入ろうと、柵を乗り越えようとする。

が、五歳の身体だ。登り切れないうちに、その光は収束していくから柵にしがみついたまま、私はシロを見る。

『……今のなんだろう。びっくりしたよ』

一見《いっけん》すると、とくに変わったところはないようだった。

だが、よく観察してみて、その変化に気づく。

半透明に映っていたシロの身体が、はっきりと実体を伴っているのだ。

ただ、見ているだけではすぐに確信できなかった。

私はそこで柵を乗り越えて、恐る恐るシロの身体に触れる。すると、魔力も込めていないのに、たしかに触ることができた。

ふわふわの毛並みに、しっかり手首から先が埋もれる。それに、温かさも感じられる。

『リリー、もしかして、ぼく……‼』

「うん、シロ、そうみたい！　たぶん今、高位の精霊獣ってやつになったんだよ！」

『じゃ、じゃあ、ぼく、リリーと一緒に旅に出られるね⁉』

「そうだよ！　一緒に行けるよ！　やったね！」

心の奥底から、高揚感《こうようかん》が湧き上がってきて、私はついシロを抱きしめる。

それにシロも熱い抱擁《ほうよう》と、全力のしっぽ振りで答えてくれた。

……まぁ、その力強さに圧倒されて、そのまま地面に倒れ込んでしまったのだけれど、それでもシロは嬉しそうにじゃれて、私の頬をぺろぺろと舐める。くすぐったくて大笑いすること少し、私はあることに気づいた。

彼が旅に出るということは、また別の「さようなら」が発生することになる。

「でも、シロ。このこと、お父さんには言ってないよね」

私がこう言えば、シロはじゃれるのをやめて、前足を折って低い姿勢をとる。

『あ、うん。まさか今日の今日、身体を得られるなんて思ってなかったから』

「まだ、だめって言われるんじゃないかな。だって急だし」

『……うーん。そこは、ぼくのほうからきちんと説明しておくよ。父さんならきっと、認めてくれるから』

「えっと、でも寂しくはないの？」

『そんな情けないことを言ってたら、行かせてはくれないだろうね』

シロは、そう目を細めて言う。

すると、そこで、背後の木々ががさがさと揺れ始めた。なにかと思えば、草陰《くさかげ》から現れたのはその森の主だ。

彼はシロを見て、そのオッドアイを大きく見開く。

『父さん！　どうして、ここに？』

『謎の光が遠くから見えたからな。なにが起きたかを確認しに来た。それより、お前、その身体は――』

『うん。ぼく、やったよ。父さんと同じ、身体を手に入れたんだ』

シロは、森の主のほうを見上げて笑顔を見せる。

『それで、父さん。ぼく、リリーの旅についていきたいんだ。この森を出て、リリーと一緒に旅をしたい。いいかな』

とくに前置きもなく、すぐこう切り出した。

反応を窺《うかが》うような感じは、いっさいない。出会った頃と比べれば、まるで別の狼なのではと思ってしまうくらい、見違えた。

そしてそれは、森の主も感じていたらしい。彼はしばらく夕焼けの空を見上げて、ひとつ大きく息をつく。

『……子どもというのは、親が思っているより存外早く成長するらしいな』

それから、しみじみとこう漏らした。

私も、ちょうど同じようなことを思っていた。自分が子どもになった今だからこそ実感する。

それはなにも身体だけの話じゃない。

子どもは、たったひとつの経験でも大きく成長できる。大人からすれば、それはいつのまにか成長していたように感じるのだ、たぶん。

だから、「ですね」と言えば、

『なにを言う。リリー、お前もその子どもだろう』

きょとんとされたから苦笑いせざるをえなかった。

話がずれてしまったことで、しびれを切らしたのだろう。

『父さん、ぼくは反対されても行くよ』

シロはより言葉を強くして、こう宣言する。

『……しないさ。だいたいそのぶんなら、しても意味がないだろう。行くといい。森のことなら、心配いらない。我も、まだまだくたばるつもりはないからな。シロ、いつかこの森の主となれるよう成長して帰ってくるといい』

『うん。ありがとう……！』

シロは、森の主のそばに寄ると、頬ずりをする。

実に微笑ましい光景だった。ここは、親子水入らずで過ごしてもらったほうがいいかもしれない。

私は「そろそろ帰らなきゃだった！　またね」とだけ残すと、再び柵を乗り越えて、敷地内に戻る。

そうして向かったのは、裏口の戸だ。鍵なら持ち歩いていたから、私は万全の注意を払って、ゆっくりと戸を開けるのだけれど……

「やっ⁉」

いざ一歩踏み入れたところで、後ろから何者かの手が腰元へと伸びてきた。私はそのまま抱え上げられる。

もしかして、誘拐犯《ゆうかい》⁉　ありえないことじゃない。田舎特有の警備の緩さを狙って襲い掛かってきたのかもしれない。

そんなよくない想像から、じたばた抵抗しつつ慌てて振り向けば、そこにいるのはアルバートだ。

「どこに行ってたんだい、リリー？　みんな探していたよ」

表情はにこにことしていたが、目の奥は笑っていない。そんな感じがした。

「……えっと、みんなが探してるのに気づいたから、かくれんぼしてるのかなぁって思って」

私はとっさの言い訳をする。

我ながら、なかなか子どもらしい言い訳ができた。これなら、もしくは受け入れてくれるかもしれない。

そんな期待から、私は上目《うわめ》に彼の顔色をうかがう。

アルバートはそれに対し、ひとつ溜息をついたあと、私の頭に軽い手刀をくれた。

「本当に心配したんだ。遊びじゃないときは、すぐに出てくること。分かったかい？」

声音《こわね》が落ち着いていたのが、逆に怖かった。

「……はい。ごめんなさい」

私は素直に、こう謝罪をする。

その後、ハリドにも厳重注意を受けることとなる。

その場で、メイドのメイさんが、「この子にまだ旅は早いんじゃないでしょうか」と言うから冷や汗をかいたが、しっかり反省の意を示したら、なんとか許してもらえた。

◇

――出発前、とある日の夜。リリーが寝静まった頃合いだ。

アルバートは、父であるハリドの仕事部屋を珍しく訪れていた。

普段は、仕事の邪魔にならないよう、夜は近づくことさえない。だが、どうしても確認しておきたいことがひとつだけあった。

「すいません、父上。お忙しい中、時間をいただいて」

「気を遣いすぎるなよ。親子なんだから。でも、珍しいじゃないか、アルのほうから話だなんて。やはり旅に出ないと言うんじゃないだろうな」

「まさか言いませんよ、そんなこと。ただひとつ、リリーのことで、ご相談がありまして……」

アルバートはこう話を切り出す。

これには、それまで書類を見ながら話を聞いていたハリドもそれを置いて、アルバートのほうを見なおった。

拾ってきた子とはいえ、蝶よ花よと育ててきた娘だ。たぶん、気にかかったのだろう。

「リリーがどうかしたか?」

「なんと申し上げればいいのやら分からないのですが」

アルバートはこう前置いたうえで、

「リリーはかなり特殊な力を持っていると思うのです」

抱いていたことを率直に告《つ》げる。すると、どうやらハリドも思い当たることがあったようで、頭をかく。

「……その件か」

「ということは、やはり父上も気づいて？」

「あぁ。リリーのことはかなり見てきているからな。アルが言っているのは、あの不思議な魔法のことだろう？」

アルバートはひとつ首を縦に振る。

「はい。何度か使っているところを見たのですが、その都度、効果が変わっていました。見えないなにかと喋っていたり、この間は犬と会話をしていたのも見ましたから、それも関係あるのかもしれません」

「……うむ。それに、そもそも魔法を使えるのは本来、十歳以降だ。あの年齢で使えるのは、特別としか言いようがない。もっともリリーはそれに気づいていないようだが……。本などで学んではいないのか」

「はは……。読み書きは問題なくできるようになっていますが、リリーは小難しいものは嫌いますから」

そうだった、とハリドはがっくり肩を落とす。

「血は繋がってないのに俺にそっくりだな」

それに苦笑いを返しながら、アルバートは話を続けた。

「一年前、僕がここまで回復したのも、たぶんリリーのおかげだと思うのです。リリーはあのとき、変わった丸薬のようなものを僕にくれました。それを飲んでからみるみるうちに体調が戻ったんです」

「ほう、そんなことが」

「はじめはそんなことがあるわけがない。偶然だとは思っていたのですが……そのあとのリリーを見ていると、どうもそうではないような気がしています」

「……ふむ。そう言われると、力だけじゃないな。リリーは発想力も、かなりのものがある。ルナール商会のヒット商品の中には、リリーが発案したものが相当数ある。これも、実に非凡な才能だ」

それも、そうだ。

リリーの発案で、商品化したものは数多くある。子ども用の椅子や送風具を皮切りに、仕切りがついていて一度に調理ができるフライパンや、植物栽培用のハングなど——数えるのが大変なくらいだ。

子どもならではの思い付き、なのかもしれないが、その域を超えているような気もする。

「わが子ながら、あまり優秀すぎるのも考え物だな」

ハリドはそう溜息をつく。

「もしも見込みがあるとされてしまったら、どこかの貴族家に目をつけられて、連れていかれるかもしれない。あれだけの能力だ。引く手あまただろうな」

貴族家に入れるといえば、聞こえはいいが、現実はそんな甘いものではない。

元の家族との関係は断《た》ち切るように言われるし、そのうえで才能がないと判断されれば、捨てられてしまうこともある。

それに、もし才能があったところで、貴族家のいいように使われて潰されるなんて話は、嘘か真かはともかく、よく聞く話だ。

「……やはりリリーには、この村に残ってもらったほうがいいか？　このまま外に出れば、すぐに目をつけられる可能性もあるんじゃないだろうか」

「しかし父上、リリーは誰より旅に出ることを望んでいます。リリーの幸せを思えば、そのようなことはしたくありません」

アルバートは、はっきりとそう言い切る。

これだけはどうしても譲りたくなかった。

アルバートにとって、リリーはいわば光そのもので、その幸せはなによりも願っているものだからだ。

いつか死ぬために生きている。

「魔力不全」という病のせいもあり、そんなふうに思っていたアルバートの人生を変えたのは、間違いなくリリーなのだ。

それはなにも、あの薬のことだけを指しているのではない。

生きがいなどもなく、白黒だった人生に色がついたのは、ハリドがリリーを拾って屋敷に連れ帰ってきてからのことだ。

手がかかって大変なことも、当然あった。そのお世話は苦労も多かった。

でも、そんなのは些細な事に思えるくらい、『お兄ちゃん』と呼びかけてくる小さな存在がとても愛おしかった。

その成長を隣で見守りたい。同じ時間を長く過ごしたい。そして、できるならば少しでも長く一緒に生きていきたい。

そんなふうに思ったからこそ、商人になりたいという夢も生まれたのだ。

リリーに出会っていなければ、そんな夢を持つことさえなかったと思う。

彼女のおかげで今がある。アルバートは心底そう思っていたからこそ、リリーには、好きなように生きてほしい。そう願っていた。

「できれば、力を制限するように言うことも避けたいと思っています。リリーが望むように、したいことをさせてやりたいんです。僕も、どうにかリリーを守ります。……どうでしょうか。

それが本日の相談です」

アルバートは、父であるハリドの顔を正面に見据《みす》える。

いつもは豪快に笑っていることが多い父が、いつになく真剣みのある顔をしていた。眉間に寄ったしわを、指でほぐすようにしながら、なにやら考え込む。

そして、長い沈黙のあとにハリドはやっと口を開いた。

「たしかに、そうだ。俺が悪かった、アル。そうだな。リリーには自分の好きなように、楽しく生きてほしい」

ただ、と彼は言葉を継ぐ。

「まったくすべて許すというわけにもいかない。あの力を遠慮もなく外で見せびらかしてしまったら、すぐに目をつけられてしまう。リリーのためにも、それは避けてやりたい。なにもかもというわけにはいかないのは分かってくれるか」

「……はい。それは承知しております」

「賢くて助かるよ、アルは。リリーには、人前ではできるだけ使わないよう、ぼんやりと伝えていくところから始めよう。それでいいな」

「はい。お時間いただき、ありがとうございました」

こうして、父と子による相談が終わる。

こんな会合が行われていたことは、すやすや眠るリリーが知る由もない。

二章

旅立ちの日は、数日後にやってきた。

その日、朝食の席に用意されたのは、たっぷりベーコンのチーズサンドとコーンポタージュ、それから甘いミルクティーだった。

それらは、私とアルバートのどちらもが好んでいるメニューだ。

旅にはついてこず、屋敷に残って留守を預かってくれるメイド長のメイさんが、餞別《せんべつ》として用意してくれた。

こちらの世界に来てからは、もっぱら彼女の料理で育ってきた私にとって、その味はもはや母親の味に等しい。

ベーコンのチーズサンドの味付けは、私の好みに合わせて、濃いめにしてくれていた。胡椒によりパンチも効いていたのだけど、それでも包まれるような優しさを感じる。

「リリー様、必ず元気で戻ってきてくださいね」

出発前、髪をとかしてもらいながら、こう声をかけてもらったときには、胸にぐっと来るものがあった。

ただ、別に今生《こんじょう》の別れというわけではない。

だから寂しさを堪えて馬車に乗り込み、いよいよ出発する。

その籠《かご》は、いつもハリドが乗っているものより、かなり大きなものだ。

その理由はといえば——

『結構揺れて楽しいね、馬車って』

シロを伴っているからだ。

その存在感はかなりのものだった。向かいの三人席にハリドとアルバートが余裕をもって座っている一方、こちらは私とシロで結構窮屈《きゅうくつ》な状態になっている。

シロが楽しそうに尻尾を揺らせば、ばしばしとそれが当たった。私はそれを抑えるようにしつつ、

「でも、酔わないかどうか心配かも。ここから夜まで移動だし」

こう言葉を返す。

『それなら、ぼくを布団がわりにして寝ればいいよ。揺れも感じないよ』

「ほんと？　ありがとね」

ちなみに、ハリドとアルバートには、シロの言葉は理解できない。

たぶん、「わふ」とか「わおん」とか、普通に犬が鳴いているように聞こえているはずだ。

それでも、私がシロと話すのを不思議がらないのは……私が彼らと話せるという事実を、ふたりが知っていたからだ。

シロを連れていく際、私はふたりに「屋敷のすぐそばで怪我をしていたのを助けてから仲良くなった犬だ」と、嘘と本当を混ぜたような説明をした。

そこでアルバートから「リリーは、この子と話せるんだろう？」と切り出されたのだ。

どうやら彼は、私がなにもない空間でひとり会話をしていたり、シロと話していたりしたのを、見かけたことがあったらしい。

ここまできたら、もう言い訳しようもなかった。

私は精霊が見えるうえ、魔法が使えることを彼らに伝える。それに対してハリドもアルバートも、なんのことはないように応じていた。

察するに、やっぱり精霊魔法というのはそう珍しいものでもないのだろう。

「人前ではできるだけ話さないように」とだけハリドから注意は受けたが、それはたぶん親子じゃないことを周りに知られるのを避けるためだ。

使える魔法は、基本的に血縁《けつえん》関係で決まる。ふたりが水魔法を使っているのに、私だけ精霊魔法を使っていては、よそ者だとすぐにばれちゃうしね。

「お、そろそろ森を抜けるぞ。目的地はまだまだ先だけどな」

ハリドが外を見ながら、言う。

たしかに、少し先にはもう木々が見えなかった。

心がぶわりと浮き上がる感覚になる。こちらに来てからは、ずっと森に囲まれて生きてきた。

その外に出るのは初めてのことなのだ。

どんな景色が待っているのだろう、どんな旅になるのだろう。そう勝手に気持ちを高ぶらせていたら、シロの耳がぴくりと動いた。

「どうしたの」と聞けば、

『みんなが来てくれたみたいだよ、リリー』

彼はこう答えて、窓枠に前足をかけて、外へと身を乗り出すと顔を上に向ける。

シロが大きいから、一見すると、窓枠にもうスペースは残されていなかった。

だが、彼のもふもふの毛の間に頭を埋めるようにして、私も同じように馬車の上を向けば、木の精霊、土の精霊、風の精霊の三匹がそこにはいた。

土の精霊がどうにかぎりぎり馬車の上部を掴んでいて、あとの二匹はその後ろにくっついている形だ。

「みんな！　来てくれたの？　昨日が最後って話じゃなかったっけ」

そう、すでにお別れは済ませていたのだ。

そのときは、出立《しゅったつ》当日は用事があるから、と木の精霊は言っていたはずだ。

『まぁ、このほうが記憶に残るだろ？』

「……そういうことだったの」

まさかのサプライズだった。

前世でも受けたことがなかったから、私は面食《めんく》らってしまう。

と、そこで馬車が石でも踏んだのだろう。

車体が大きく跳ねた拍子に、三匹は振り落とされてしまった。

『まぁ、なんだ。がんばれよ、お嬢さん、シロ！　また帰ってきたら、顔出してくれよ～。またな～』

その姿は一気に後方へと消え、木の精霊の声はだんだんと遠ざかる。

「みんなもね～！　ありがと～！」

『お父さんのこともよろしくね』

私とシロの言葉は聞こえていたのかどうか分からない。

が、どちらにせよ、もう森を抜けることになるから、彼らとはここでお別れだ。

悲しい気持ちはあったが、別に最後じゃない。私はシロと笑みを交わし合ってから、顔を馬車の中へと戻す。

「リリー、シロ、お友達とはさよならできたみたいだな」

ハリドにこう尋ねられたので、私とシロは首を大きく縦に振った。

それに、アルバートがくすっと笑う。

「はは、君たちはまるで兄妹みたいだね」

『じゃあ、アルバートさんも、ぼくのお兄ちゃんになるね？』

シロのセリフをそのまま伝えたら、そこから私は、アルバートとシロの会話を通訳し合う形になった。

ハリドへと目を向ければ、それを微笑ましげに見守っている。

このぶんなら目的地に着く頃には、シロもメルシエ家に馴染んでくれそうだ。

◇

馬車に乗ること、約一日と半。

目的地であるピンリールという町に着く頃には、空は夕日でオレンジ色に染まっていた。

ハリドがアルバートに説明していたのを聞いたところによれば、ピンリール周辺は盆地になっており、宿場町として栄えているらしい。また、すぐ近くに魔物の出る山野が広がっていることから、狩りなどもさかんなのが特徴だそうだ。

冬は大雪になることも珍しくないというから、日本でイメージすれば、長野県といったところだろう。

……といっても、長野に行ったことがあるわけではないから実際のところは分からないが。

ともかくも、ハリドが門前で手続きを行ってくれて、私たちは一足先に中へと入る。

その一歩目で、あっと驚かされた。

中央の通りに、ずらりと宿屋が並ぶ光景は、デビの村とはまったく違うものだったからだ。

「すごい……！」

『うん、ぼくも初めて見たよ。こんなに建物があるなんて』

私とシロがこう目を丸くする一方、

「……僕がこんなところに来られるなんて考えてもなかったよ」

少し離れたところで、アルバートがこうぼそりと呟く。

それぞれ事情は違えど、私たちは揃って、デビの村周辺以外の場所に降り立つのは初めてのことだった。

そうして、しばらく景色を眺めていると、なんだかいい匂いが漂ってきて、私のお腹がぐーと鳴った。なんなら、余韻《よいん》を残すように、ぎゅるりとも言った。

それを聞いて、ハリドが大きく笑う。

「はは、腹は正直だな。よし、とりあえず食事にするか」

「うん！」

馬車で、シロとともに寝ていたから、まだまだ元気は余っていた。先導するハリドについて、アルバートに手を握ってもらいながら町を行く。

そうして立ち止まったのは、とある店舗らしき敷地の門前だ。店前に看板などはなく、すでに「臨時休業」の札が張られているが、ハリドはその奥へと入っていく。

「父上、大丈夫なのですか」

と、アルバートが問えば、ハリドは不敵《ふてき》に笑ってから、店舗の手前まで行き、こちらを振り返る。

「ここは、ルナール商会が所有している食事処だからな。この建物以外にも、ルナール商会の営業担当たちの拠点もあるんだ」

そういえば飲食店の経営もしていると聞いていたっけ。たしか、もともとは調理道具などの便利グッズを売り込むために店を構えたのだとか。

私がいつか聞いた遠い記憶を呼び起こしていると、ハリドは屋敷の扉を開ける。するとそこには、たくさんの人が待ち構えていた。全員が一斉に頭を下げる。

「おかえりなさいませ、ハリド様、ご子息、ご令嬢」

「おいおい、大げさすぎるって毎回言ってるだろう」

「いえ。ハリド様のおかげで食事処・ルナールは成り立っておりますから」

「それより、どうだ？　食事は用意できているか？」

「それであれば、すでに。どうぞ、こちらへ。お連れの犬も同席されますか」

「あぁ、それで頼む」

どうやらすでに、色々と準備をしてくれていたらしい。

私たちは案内されるがままに、食事の席へと通される。

そこに用意されていたのは、なかなか豪華な食事だ。

骨付きの厚切り豚肉、ジェノベーゼのパスタに、トマトなど野菜類の素揚げ、ヨーグルトなど——どれをとっても魅力的だ。全体の色味も、とてもいいバランスだ。

『ぼくのも用意してくれてる……！　あ、このきのこ、ぼくの好きなやつだよ！』

シロのためのごはんも、別途用意されていた。

実体化したとはいえ、彼は精霊だ。食事をしなくとも、一気にその精霊力を放出しない限り、倒れたりはしない。

ただ、食事から力を得ることもできるようで、実体化してから彼がはまっているのは、きのこだ。

森に生えているのを見て、『食べられるよ』という話をしたところ、一口で気に入ったらしい。

基本的には慎重《しんちょう》な彼だ。新しいものは苦手なのだが、気に入ったものはとことん気にいる。

まさしくシロには、ぴったりのごはんだった。

さっそくがつがつと食べる彼を横目に、私たちはおのおの席に着く。

それから出てきた料理は、どれも美味だった。

とくに気に入ったのは、ジェノベーゼのパスタだ。

フレッシュな爽やかさでありながら濃厚な味が、あとを引いて、フォークに巻き付けては頬張ってしまう。箸があるなら、たぶん焼きそばみたいに次々と食べていただろう。

そして、これにもアレンジがよく合った。

私はこの旅にも持ち出してきた調味料セットを取り出して、自家製粉チーズや胡椒、揚げたにんにくを砕いて作ったガーリックパウダーをふりかけて、パスタをいただく。一方では、きのこを避けて、皿の端に固めておいた。

「リリー……」

アルバートからは若干冷ややかな目で見られたが、それはいったん気にしないこととした。

シロと反対に、私はとてもきのこが苦手なのだ。それでも現世では顔を歪《ゆが》めながら食べられたが……、子どもの舌で食べるのは、かなり難しいのだ。

「すごく美味しいよ、お父さん！　ありがとう」

結局きのこはアルバートに食べてもらい、食後、私はハリドに言う。

アルバートもそれに続いて、礼を言うのだけれど、どういうわけか、ハリドの顔は浮かない。

眉間にしわを寄せながら、白ワインを一口含む。

「……えっと、お父さん？　お疲れ気味？」

「あぁ、そうじゃない。気にすることはない。ただ、本当ならここにもう一品用意してもらう予定だったんだが、それがなくなってしまったからな」

「もう一品？」

「あぁ。オーロラ魔豚の肉より、よっぽどうまいんだ。ここの名産は、魔物・ドレバード、黄金鶏とも言われる魔物肉のスパイス揚げなんだ。鶏もスパイスもこの近くで獲れる。それをふたりに食べてほしかったんだがな」

頭を割られるような衝撃が、頭の中に走った。思わず、ごくりと唾《つば》を飲んでしまう。

あまりにも魅力的な響きだった。ほかの情報はなにもなくても、間違いなく美味しいに違いないと断言できる。

「黄金鶏のスパイス揚げ、食べたい……！」

と、私はつい口にしてから、すぐに口を覆った。

ないと分かっている以上、ただの駄々こねになってしまう。

「悪いな、リリー。黄金鶏の仕入れができなかったみたいでな。どうも、このところはずっとらしいんだ」

「……そんな」

希望をちらつかされただけに、落胆《らくたん》は大きかった。

私が少し落ち込むようにしていると、

「父上、なぜそれを言ったのですか。言わなければリリーが落ち込むこともなかったかと思うのですが」

アルバートがこう指摘して、ハリドは「うっ」と声をあげる。

「わ、悪い。俺はどうも、そういう細かいのが苦手なんだ。まぁ、二か月は滞在する予定なんだ。その間にはきっと手に入るさ！　たぶん！」

これで大きな商会を取り仕切っているのだから、人というのは分からないものだ。

ハリドはきっと、仕事のときにスイッチが入るタイプなのだろう。

◇

黄金鶏のスパイス揚げが、目の前にはあった。

それはとてつもなく大きくて、私の身体と同じくらいの大きさをしている。

色は、食欲そそるこげ茶色。見るからにかりっとしていて、衣《ころも》の隙間からはじわりと肉汁が垂れていた。

匂いも完璧だ。ミックススパイスの香ばしさは鼻から入り込んで、唾液《だえき》を生み出す。

食べてもいないのに、至福《しふく》の気分だった。

これまで出会った中で、最高級の鶏肉料理に違いない。

そんな期待を胸に、私はその鶏肉に近づき、いざかじりつこうとする。すると、それが突然消えて……びくりと跳ねるように私は目を覚ました。

『え、え、なに！　なにかあった⁉』

同じベッドで寝ていたシロを巻き込む形で。

シロの大きな身体が見事に宙を舞っていた。

「……大きなスパイス揚げだったなぁ」

『リリー、まだ言ってるの⁉』

「だって。どうしても食べたかったから」

私は夢で見た理想の鶏スパイス揚げの話をシロにする。

そうしていたらお腹が空いてきて、下の階へと降りた。すると、そこにはすでにハリドとアルバートが待ち受けており、朝ごはんも用意されている。

私たちが泊まったのは、食事処・ルナールの店舗の上階にある部屋だ。この町に滞在している間は、ここが宿泊所になるらしい。

つまり、これからは毎日、朝からお店のごはんが堪能できるのだ。

まぁそのぶん、仕事もしなくてはならないのだけれど。

その第一弾は、朝ごはんのあと、すぐに訪れた。

シロには部屋でお留守番してもらって、私たちが向かったのは、町の中央に位置するひときわ立派な建物だ。

入口に書いてあったのは、『商業ギルド』の文字だった。たぶん、この町で営業をしようと思うと、ここに登録が必須なのだろう。

「あぁ、ルナール商会様ですね。どうぞ、こちらへ」

丁寧な案内で迎えてもらい、その後は、ギルド代表の方とも顔を合わせる。

そこからは、社畜時代に慣れたものだ。

アルバートとともに、自己紹介と挨拶をする。

「はは、できた娘さんですなぁ、ハリドさん」

と、褒めてもらえたので、さっそく好感触！　と私は自信を深めていたのだけれど……

「じゃあ、小さなお嬢様はこちらへどうぞ〜」

いざ打ち合わせという直前になって、私だけ事務のお姉さんに別室へと連れていかれることとなった。

「あとで、お父さんとお兄ちゃんに迎えに来てもらうからね」

ばたりと、扉を閉められる。

……どうやら子どもだからと、はじかれてしまったらしい。

まぁ、当たり前といえば、当たり前だ。企画会議に参加していたから今回も入れると思ったが、世間一般的に私はただの五歳児なのだ。

じゃあ、連れてこなきゃいいのに、というような話でもたぶんない。

相手が権力者だから、ハリドとしては挨拶をさせておきたかったのだろう。

「……ここは、子ども用の部屋かな？」

ギルドとして、子どもを預かる機会が多いからかどうか、部屋にはおもちゃなどがたくさん置いてあった。

だが、積木など単純なものが多く……。

私が遊ぶようなものはない。せめて少し難しいパズルとかがあれば、よかったのに。

そんなふうに一度は残念に思ったのだけれど、試しに乗ってみたトランポリンのようなおもちゃは、これが子ども心をくすぐった。

私はしばらく我を忘れて、ぴょんぴょんと飛び跳ねる。

それで遊び疲れて、私がひとつ溜息をついたところで、ほんのりと聞こえてきたのは、途切れ途切れになったハリドの声だ。

「……もしかしたら聞こえるかも」

そう、魔がさした瞬間だった。

私は隣の部屋の壁に耳を澄まして、奥の声を拾おうとする。

すると、先ほどよりクリアに聞こえてきた。

「なるほど。――の供給量が減少気味なのですか」

「えぇ。おかげで、こちらとしても高値《たかね》を付けざるをえない状況なのですよ。それで、手に入らないので価格がどんどんと上昇しています。それに狙いをつけて、冒険者はたくさん送り込まれているのですが、それでも見つからないようです」

「ふむ、そうなると町全体にも悪影響が出そうですね」

「はい。一部では、宿も取れないような者も流れ込んでいるとかで、治安の悪化も――」

……聞こえるは聞こえる。

だが、途切れ途切れだし、難しい話は得意じゃない。しかもこの感じだと、一時間以上は続きそうだ。

前世で働いていた頃も、お相手の偉いさんがこうした経済話が好きで、まるで進展のないまま会議が延びることがあったから、まず間違いない。

子どもだから、だけではなく、そもそも生来からこういう話は頭が受け付けなくて、私はすぐに聞くのをやめる。

そこで飛び込んできたのは、窓の外からのがやがやとした声だった。

なにかあったのだろうか。

すぐに興味の移った私は、そちらを見ようとするのだけれど、五歳の背ではまず窓に手が届かない。そこでもう一回トランポリンの上に乗って見ようと試みるが、微妙に高さが届かなくて、ただ騒がしい声だけが聞こえる。

こうなってくると、気になってしょうがなかった。

そこで私が取った行動はといえば——

「うん、今なら行けるかな」

脱出だった。

前世では絶対にしなかったような、分かりやすい「悪いこと」だ。だが、せっかく五歳になったのだから、好奇心に素直になって、これくらいはしても許されるはずだ。

それに、ばれずに戻ってこられれば問題にはならない。

私は自分をそう納得させて、こそこそと部屋を出ると、うまく人目を盗み、影に隠れ、ギルドの外へと出る。

騒ぎの中心地は、商業ギルドの建つすぐ前の大通りだった。

その一角に、なにやら人だかりができている。そのせいで、奥で起きている状況はまったく見えない。ぴょんぴょんと飛んでみても、大人の背たけは圧倒的に高い。

が、それでも。

「なにがあったんだい、この騒ぎは」

「あぁ、井戸の中に子どもが落ちたみたいだ。大人が助けようにも、身体が入らないような場所になっているらしい」

「それは大変だ。どうにかできないものか。誰か強力な水や風の魔法を使える人がいれば、どうにかなるやもしれないが……」

「それなら今、ちょうど冒険者ギルドに人を呼びに行ってるみたいだ。それまで溺れずにいてくれればいいけど」

周囲の会話から、状況を察することができた。

そう言われて耳を澄ませば、喧騒《けんそう》の中に、名前を連呼《れんこ》する男性の声と落ちた子どものものだろう泣き声が反響《はんきょう》して聞こえる。

聞いているだけで、じわじわと心臓を握り潰されている感覚になった。どうにかしてあげられないだろうかと私が動こうとしたそのとき、

『あら、こんなところにぼうやが来るなんて』

男性の声にまぎれて聞こえてきたのは、透き通った女性のような声だ。

『ぼうや、あぁ、そう泣かないでおくれ。耳が痛い。すまないね、あたしにはぼうやを抱えて持ち上げられるような力はもうないんだ。井戸からも出られないほどだ。せめても、溺れないようにはしてやれるが、それもいつまで持つか』

その声は、がやがやと騒がしい中でも、まるですぐそばで囁《ささや》かれているかのように、はっきりと聞こえる。

間違いなく、精霊の発する声だ。

たぶんその井戸の中に、精霊がいるのだろう。

それであれば、話は早かった。私はその場で目を瞑り、手元に魔力を集めると、それを徐々に強めていく。

精霊との間には、大きな人の壁ができていたが、私の魔力は精霊に影響を及ぼすものだ。人がいくらいても、届く距離なら関係なかった。

『……誰か、私の声が聞こえる者がいるのね。ぼうや、あなたはとても運がいい。みなぎってきたから、任せてちょうだい！』

私の魔力を受け取ったらしい精霊がこう言うのが聞こえる。

その少しあとのことだ。ごぼごぼと水の音がしたと思ったら、それは一気に来た。

どうやら私の魔力を受け取ったのは、水の精霊だったらしく、井戸からは多量の水が強く吹き上がる。

その勢いはかなりのものだった。少年は空高く浮き上がったのが、背の低い私にも見えて、慌てて魔力を調整する。それで、どうにか無事に勢いを抑えられて、少年は助かった……らしい。

人だかりでまったく見えないから分からないが、拍手《はくしゅ》が起きているからには、そういうことだろう。

私は人ごみの端で、ほっとこっそり息をつく。

「おぉ、すごい‼　なにが起きたんだ⁉」

「この井戸、最近は水が不足してなかったか？　いきなり噴水《ふんすい》みたいに出てきたぞ」

「すごい、こりゃ大ニュースだ。こんな奇跡、そうは起こらないぞ」

あたりは、大盛り上がりだった。

みんなが、すごい、すごい、とはやし立てる中、私のもとにはその水の精霊が訪れる。

姿としては、童話に出てきそうな人魚みたいな姿だ。きちんと顔や髪の毛のようなものもあるように見えた。

『灯の森』で仲良くなった子たちは、葉っぱや土、つむじ風と物そのものの見た目をしていたから大きく違う。

たぶん彼女は、たまたま魔力の補給ができない環境で、力を発揮できていなかっただけで、そもそもは力があるのだろう。

もしかしたら、より力を得ることで、彼女も実体化するのかもしれない。

『ありがとう、あなたが助けてくれたのね。まだ幼子《おさなご》なのに、すごいじゃない。久しぶりにそれなりの力が出せて嬉しかったわ。それに外にも出られた』

と、声をかけてくるから、

「えっと、うん。それならよかったけど、やりすぎだったよ？」

私は手で口元を覆い、小さな声でこう応じる。

精霊が見える人以外には、彼女は見えないのだ。変な子だと思われるのは、避けたかった。それに、あまり目立たないようにハリドからは一応の忠告《ちゅうこく》も受けている。

が、

『あれくらいじゃ全然よ』

そんな私の心の内を知る由《よし》もない水の精霊は、私の肩を大阪のおばちゃんよろしく遠慮なく叩く。

『昔はそれくらいやってたのよ！　なんならもっと魔力をくれたら、もっとできるのよ、あたし。まだまだ全力はこんなものじゃないんだから。全盛《ぜんせい》期は、あたしの水は土に撒《ま》いただけで花を咲かせてたのよ？』

「あはは……」

盛りすぎな気もする武勇伝《ぶゆうでん》に、私は愛想笑いを返しながら、絶対にやめておこうと心の中でひっそりと思う。

離れた場所での魔力受け渡しで、あれだけの効果があったのだ。直接、魔力を供給したならば、場合によっては、水害クラスの水を発生させられてもおかしくない。

いくらあとから花が咲くとしても、町中でやってもらうわけにはいかない。

『まぁ、それはまたの機会ね。じゃあ、本当にありがとね、可愛いレディちゃん。あたしは久々に森にでもふらふら遊びに行ってくるわ〜』

「森に行くの？」

『そ。花の蜜《みつ》の匂いに目がなくてねぇ』

「お花！　いい趣味だね」

『でしょう？　昔なら勝手に精霊たちが集めてきてくれたんだけどねぇ。これでも昔は精霊たちを取りまとめて、ぶいぶい言わせてたんだから』

水の精霊さんはそう残すと、まるで子どもの頃に憧れたマーメイドのように、人波を縫いながら去っていく。

綺麗な光景だった。日の光を浴びて煌《きら》めくその銀色の鱗《うろこ》に、私は思わず見惚れる。

どうやら、さっきのセリフは虚言《きょげん》でもなんでもないらしい。これだけ綺麗なら、ぶいぶい言わせるなんて朝飯前だろう。

私はそのまま彼女を最後まで見送る。それから我に返って、商業ギルドへと戻ろうと踵《きびす》を返したところで――

「いたっ」

ごちんと、なにかに頭をぶつけた。鈍《にぶ》くじーんとくる痛みに、私は頭を押さえながら、目を開く。

そこにいたのは、腰元に剣を提《さ》げた大男だった。その鞘《さや》の一部に頭をぶつけたらしい。

冒険者かなにかだろうか。私はそう思いながらに顔を上げる。

そして、はっと息を呑《の》まされることとなった。

その男は、実に整った顔をしていた。この世のものかどうか疑わしいくらいの完璧ぶりだ。

錦糸《きんし》のようにつややかな金色の髪、深いダークグリーンの瞳、高い鼻立ちに、薄い唇、絵にかいたような綺麗な輪郭《りんかく》、つい辿《たど》るように見てしまう首筋。

どれをとっても、昔テレビで見ていたイケメン俳優より美しい。

そんな完璧を体現したような男が、どういうわけか私をじっと見つめてくる。

まさか一目惚《ひとめぼ》れされた……なんて、そんなわけもない。

容姿がどうとかではなく、今の私は五歳児だ。

とすれば、幼児をつけ狙う危ない人間の可能性もある。見た目が整っているからって、油断していてはいけない。

私はとりあえず数歩後ずさりする。それでも、その視線ははがせない。

手を出してくるわけでもなく、ただじーっと私の目を覗き込む。

「……えっと、なにかご用でしょうか」

見透かすような視線に私は耐えかねて、身体を引きながら上目にこう聞く。

男はそれでも私をじっと見据えたあと、

「……今のはなんだ」

ようやく口を開く。

低く、落ち着いた声だった。そこには、あまり感情が乗っていない。まるで静まり返った湖のよう。だが、その静かな湖面の中には針が一本潜《ひそ》んでいる——そんな気がして、私はごくりと唾を飲む。

「えっと、なんだ、ってなに？」

「今の。さっきの水魔法、お前がやったんじゃないのか」

まさか見られていたのだろうか。私は驚きで目を見開きそうになるのを堪えて、首を横にひねる。

ここで首を縦に振ったら、なんとなくだけど面倒なことになりそうな気がする。

そういう嗅覚《きゅうかく》だけは、昔から結構きくのだ。

「なんのこと？　さっきの溺れたお兄ちゃん、助かってよかったよね」

そして、可愛らしい声を意識して、たぬきをかぶってやった。子どものふりをするのは、某名探偵よろしく、もう慣れっこなのだ。

「……それは、どういう意味だ。俺はここにいた人間に呼ばれて、子どもを助けに来た」

「そういえば、誰かが冒険者を呼んでるって言ってたかも」

「かもじゃなく呼ばれた。だが、その子どもはすでに助かっていた。お前がそれを操《あやつ》ったんじゃないのか」

「え？　なにを言ってるの、分からないよ？」

私はそのまま、しらを切り続ける。

そのうち、周囲が再度がやがやとし始めた。

またなにか起きたのだろうかと思うが、どうも違う。幼児と高身長美男子との、謎に緊迫したやり取りが、注目を集めてしまったらしい。

「あれって、ピンリール伯爵《はくしゃく》家の……」

「あぁ、間違いない。あんな目立つ人、ほかにいないだろ」

そして悪いことには、どうやらこの美男子は有名人らしい。というか、ピンリールといえば、ここの町名でもある。

彼は、この地の伯爵貴族の御曹司《おんぞうし》でもあるわけだ。

貴族でイケメンで、かつ謎めいた雰囲気を持つなんて……。

なんだ、この少女漫画のヒーローみたいな設定！　私は半ば呆《あき》れつつも、こんなのに目をつけられたらたまらないので、なお否定を続ける。

「おいおい。そこまでにしとけ、ライラット」

そこでやっと、救いの手が入った。

観衆たちをかき分けて出てきたのは、銀色の長髪を下げた男だ。中性的な顔つきをしているが、彼も身体がしっかりと鍛え上げられているのがすぐに分かる。

ライラットさんというらしいこの男への軽い口ぶりからして、たぶん冒険者仲間かなにかなのだろう。

少女漫画で言うところのヒーローの友人ポジだ。

彼は人懐《ひとなつ》こいにこにこ笑顔を浮かべ目を細めると、私の頭を撫でる。

「ごめんなぁ、可愛い嬢ちゃん。ライのやつ、思い込んだら激しいんだよ。この間も、剣が呪われてるんじゃないかって大騒ぎして、鑑定してみたらなにもなかったんだ。笑えるだろ？」

「……リュカ・リュミエール、それは言わない約束だろう。それ以上言うなら、パーティを抜けるが？」

「ちょ、それはないだろ。とにかく、またお前の勘違いだ。謝っとくのが筋だろ、一流冒険者さん」

リュカさんというらしい仲間の男に頭をくしゃくしゃとされて、ライラットさんはむすっとしながら、私のほうをまたじっと見つめる。

ややあってから目を瞑ると、本当に会釈《えしゃく》程度、うっかり見逃してしまうくらい一瞬だけ頭を下げた。

「すまなかった、誤解だったようだ」

そして私の反応をとくに気にすることもなく、先々去っていく。リュカさんはそれを見て、髪を少しかいたあと、なにやら懐《ふところ》から取り出すと、そこに胸元にさしていた羽ペンでなにやら書き記す。

「これ。おれ、リュカ・リュミエールのサインだ。特別に二枚だ。売れば少しは金になるし、ギルドに持ってきてくれたら礼をしよう。……って分からないか。ま、なら親御《おやご》さんに渡して、菓子でも買ってもらいな。ここは、はちみつ採れるしな。結構おすすめだぞ。じゃあ、これで」

忙しい人だ。今度はペンをしまいながら、もうかなり遠いところにいるライラットさんを追っていく。

色々なことが一瞬にして起こりすぎて訳が分からなかった。私はサインが書かれた紙を握りながら、きょとんとしてしまう。

まずライラットさんについてだけど、さすがにギャップがありすぎだ。

今や五歳の私が言うのもなんだが、さっきの振る舞いはまるで、謝るのが下手な子どものようだった。あの見た目で、高い地位にいても、なんでもかんでも完璧と言うわけではないらしい。

それから、このサイン。売れると言っていたからには、前世でいう野球選手とかのサインくらいの価値はあるのかもしれないが……

その場合でも、価値はピンキリだ。そして私には、その価値を測《はか》りかねる。

周りがなんとなくこれを欲しがっているような視線を向けてきている気もするが、せっかくもらったのだ。買い叩かれるのももったいない。

だからといって、素直にハリドに見せるわけにもいかないし……私が思いあぐねていたら、一気に視界に影が落ちる。

「……リリー。君という子は、またなにをしてるんだい」

なにかと思えば、そこにあったのは、アルバートの笑顔だ。ただし、いつもの優しいものではない、怒っているときの作った笑顔だ。その証拠に、目元がぴくぴくとしている。

結局、またばれてしまった。長引くと思っていた打ち合わせが終わるくらいには時間が経っていたようだ。

「外に出たらだめって言われなかったのかい？」

「い、言われてないよ。外が楽しそうだったから、ちょっと。すぐに戻るつもりだったし」

本当にそうは言われてないから嘘じゃないよ？

「リリー！　父さん、心配したんだぞ」

ハリドもそこに駆けつける。

こちらはよほど安心したようで、肩がはっきりと下がるほど大きく息をついた。

が、私が手に握っていた紙を見るや、目を丸くして、その一枚をすぐに取り上げる。

「……おい。リリー、これは誰にもらったんだ？」

その声音は、一転して、どういうわけか低い。紙に落とした目線は、普段より鋭かった。

それは、アルバートもだ。一瞬、眉間にしわを寄せる。

その雰囲気は、明らかに硬くなっていた。それで私は少し焦って、弁明《べんめい》をする。

「えっと、さっき冒険者のお兄さんに。なんか、人違いをしたお詫《わ》びにって。それ、売れるみたいだよ」

「……なんだ、そういうことか」

「うん。その、売ってお菓子買ってもらうといいって」

目立つな、という言いつけもあったから水の精霊のことは言わない。それから、本当は二枚もらったことも伏せて、もう一枚は紙を手のひらの中に握り込む。

この先、なにかに使えるかもしれないしね。

「知らない人から物もらったら、だめだった？」

「当たり前だぞ、そんなの。まぁ、なにもなかったなら構わない。すぐにでも売って、なんでも買ってやろう」

「ほんと⁉　やった！」

とりあえずは誤魔化せたうえ、お菓子まで手に入るのなら、万々歳だ。

まぁ、さっきのハリドやアルバートの反応は少し気になるが……まぁ、気にしてもしょうがない。なにより優先すべきは、甘味だ！

◇

翌日からは、本格的に商家の娘としての仕事が始まった。

といっても、その内容は難しいものじゃなくて、食事処・ルナールの軽いお手伝いだ。皿洗いや掃除など簡単なことがその主な業務である。

二週間もすれば、慣れることができた。

アルバートはハリドについていき、一部の従業員ともども商談などに参加していることを思えば、ある種、留守番ともいえる。

でもまぁ正直、気楽ではあった。

前世からの不器用さで、何枚か皿を割るハプニングを起こしながらも、正午過ぎ、私は数時間の労働を終える。そこで店の運営を任されている女性店長からかかった声は、これだ。

「リリーちゃん、今日もたくさんお皿洗いとお掃除、ありがとう。もう上がって？」

子どもだということで、午前中のみの労働に限定してもらっていたのだ。

「まだできるからやるよ？」

と私が言ってみても、首を横に振られる。

「いいの、いいの。子どもは遊ぶのも仕事のうちだから。それに、最近は忙しくないからね」

まぁ、たしかにその言葉どおりだ。お店は昼の書き入れどきにもかかわらず、人の入りはまばらだった。

前はもっと忙しかったらしいが、町を訪れる冒険者がどういうわけか減っているらしく、そのあおりを受けているようだ。

ならば、無理に仕事を求める意味もない。私は予定どおり上がらせてもらい、まかないランチをいただく。

出てきたジンジャーポークは、とても美味だった。

オレンジをソースに使っているようで、その優しい酸味が豚の脂のガツンとした風味と、うまい具合にバランスがとれている。満足感も十分な逸品《いっぴん》だ。ハリドが発案したメニューのひとつらしい。

が、だからこそ、人が入らないのがもどかしかった。

「なにかいい方法ないかなぁ」

昼過ぎ、私はシロと散歩に出ながら、色々と考えを巡らせる。

ここピンリールの町並みも、この一週間で、少しずつ見慣れてきた。

その特徴的なのは、道幅の広さだ。中心街で、それなりに人がいる場所でも、肩が当たるようなこともなく通行ができる。

外れへと行けば、その道幅はさらに広くなった。冒険者ギルドこそあれ人も少ないから、シロに思いっきり走ってもらう場所として使わせてもらっている。

彼が満足したら、散歩は終わりだ。私は途中まではシロに乗せてもらって、食事処・ルナールへと戻る。

そこで聞こえてきたのは、キッチンからの唸《うな》り声だ。

『どうしたの、リリー。部屋に戻るんじゃないの？』

と言うシロに、私は唇に人差し指を当てて、静かにするよう促す。

「うーん、どうしましょ、このオレンジ」

「このままだと使いづらいですね」

「うん。料理に使おうにも限界があるしねぇ。今年のオレンジは、どこもこうらしいから仕方ないんだけど」

聞こえてきた会話は、これだ。どうも、オレンジが問題になっているらしいが、その詳細まではつかめない。私はつい気になって、

「オレンジ、食べたい」

と口実を作り出して、キッチンのほうへと顔を覗かせる。

それに対して、店員さんのひとりがしゃがんで私に視線を合わせると、眉を落としてこちらを見る。

「聞こえてた？　うーん、ごめんねぇ。このオレンジは、ちょっと酸っぱいんだ」

なるほど、使いづらいというのは、酸味が理由らしい。

どれくらいのものなのだろう。気になった私は、「ちょっとでいいから食べたいな」と答える。それでも彼女たちは、互いに目を見合わせて困り顔だったから、

「本当に大丈夫だよ。私、レモンもかじれるの！」

と強く念を押す。

ちなみに、本当だ。前世では唐揚げやサワーについてくるレモンを丸かじりしていたし、こっちに来てからも、やったことはある。

あの、思わず歯を噛みしめたくなる、強烈な刺激は嫌いじゃないのだ。なんなら、好きなくらいである。

「そう言うなら……」

私の説得が効いたのか、どうにか用意してくれることになる。最後まで「はちみつをかけようか？」「ヨーグルトと一緒にしようか？」などと確認してくれたが、しっかり固辞《こじ》しておいた。

私は剥《む》いてもらったオレンジを持って、手すりを伝いつつ、いそいそと二階の部屋へと帰る。

そこで、オレンジを食べようとしていたら、シロがそれを覗き込んできた。

「一緒に食べる？」

と一応聞くが、

『ううん、ぼくはとりあえず遠慮しておく……』

予想どおりこう断られたので、私はひとり、まずは控えめにかじってみる。

するとと広がるのは、思わず口を開けてしまうような酸っぱさだ。これはたしかに、そのまま食べるのには向いていないかもしれない。持て余してしまうのも理解はできた。

味をよりちゃんと確かめるため、私はもうひとかじりする。

そのうえで考えるのは、利用方法だ。

今この店は、ただでさえ客足が寂しいのだ。オレンジまで在庫処分ということになれば、店としては結構な損失になる。

どうにかならないかなと、私がさらに考えを巡らせつつ、またひとつ口に運ぶのを、シロは勘違いしたらしい。

『そんなに美味しいの？』

と、オレンジスライスの一枚を前足で器用につまむと、ぱくりと一口に食べる。

『り、リリー‼　なにこれ⁉　どうして、こんなのを平気な顔で食べてるの⁉』

そして、そのすぐあとにその場でぴょんぴょんと飛び回り、暴れ始めた。

毛を逆立てながら、唸り声をあげる。

『う、うう‼　の、喉が痛いかも！』

どうやら、酸っぱいものは苦手らしい。前足でどうにか、自分の喉を掻こうとする。

「えっと、ちょっと待ってね、シロ！」

あまりに酸っぱそうにするから、私は机にストックしていた、はちみつ飴を手に乗せて彼の口元に差し出す。

これはこの間、あのイケメン冒険者コンビの片割れ、リュカさんにもらったサインの一枚をお金にかえて買ったお菓子だ。

どうやら、はちみつを煮詰めて冷やし固めただけのシンプルなものらしい。素朴な味だが、その甘さはといえば、結構強い。

それを口に含んで少し、やっとシロの動きが落ち着いてくれた。

『た、助かったよ、リリー。よく平気で食べられるね？　人間ってみんなそうなの？』

シロはかちかちと口の中で飴を鳴らしたあと、ばりばりと飴を噛み砕く。

「うーん、それはたぶん違うと思う」

私はさらにオレンジを食べ進めながら、そう答えると同時に、ふと懐かしさのようなものを覚える。

この音、どこかで聞いたことあるような……？　私はしばらく思い出すのに苦戦する。

が、思いついたときには一気に鮮やかな記憶が音も風景も含めて蘇《よみがえ》った。

うん、これならもしかしなくても、いけるかもしれない。

◇

「こ、これでいいのですか、リリー様」

「うん！　ばっちり。ありがとう」

アイデアが浮かんだ日から、ちょうど一週間後の早朝、私は食事処・ルナールの敷地前に臨時店舗の設営を始めた。

今日もハリドとアルバートは商談で不在にしているから、従業員さん数人に手伝ってもらう。といって、そう大がかりなものではない。

長机をふたつ繋げたものを台にして、そこに大きめのパラソルをひもで縛って、固定する。あとはその真ん中に、錐《きり》でいくつか穴を開けた木箱を置く。あとは、この箱の中に冷却魔石を入れれば準備はほぼ完了だ。

でき上がってから見てみれば、いかにも即席《そくせき》という感じだが、まぁそれも味になっている。

「本当は立派なテントがあればよかったけど贅沢言えないよね」

参考にしたのは、もちろん夏祭りだ。

あの、見るだけで子ども心がうずいてくるような屋台の雰囲気を可能な限り再現したつもりだった。

理想としていたのは、よく見るイベントテントだが、この世界にはまだ存在しないものらしいからいつか作るとして。

私は一度、屋敷に足を向ける。

「……これが本当に売れるのでしょうか。はちみつを煮詰めて、オレンジにまとわせただけのお菓子ですし……持ち歩きができるのはいいのでしょうが」

「まぁ、今日売れなかったら、ハリド様も考え直すと思うわよ。それに、そこまで人手もかからないしね」

そこでキッチンからこんな声が漏れてくるのを聞くが、気にしないことにする。

とりあえず、まずはやってみなくては始まらないのだ。

私はそれをスルーして、部屋に戻る。シロに運んでもらい持ち出したのは、こそこそ用意していた看板だ。

そこには、『冷やしオレンジ飴』と大きく記して、イラストと値段も書いた。

ちなみに価格は、銅貨三枚。日本円で考えれば、だいたい三百円くらいだ。はちみつ飴の値段を考慮して考えたから、そう高い値段ではないはずだ。

『リリーの絵可愛いね』

「えへへ、でしょ。オレンジくらいなら描けるの」

本当のところ、結構アルバートに手直ししてもらったんだけどね。絵心は昔からあまりないのだ。

そうこう談笑《だんしょう》していると、少しののち、従業員さんが商品となるオレンジ飴を持ってきてくれる。

さすがの技術力だ。

そのビジュアルは、いわゆるりんご飴を、オレンジに替えたもので、想像していたとおりのものだった。これを木箱に開けた穴に引っ掛ければ、でき上がりだ。

昼が近づいてきて、通りには人も増えてきていた。

そこで私は長机の裏においた子ども用の背が高い椅子に座り、

「甘くて美味しい冷やしオレンジ飴！　始めました～！　持ち歩きもできますよ！」

こう声を張り上げる。

『本当に美味しいんだよ～！　酸っぱいのに甘いんだ！』

その横では、シロも宣伝に加勢してくれた。まぁ、ほかの人には「わぉん」とかそんなふうに聞こえているだろうけど、それはそれで可愛いから目を引くだろう。

実際、通りを行く人はこちらをちらちらと見ていた。

とくに親子などは子どもが反応を示してくれて、商品をじっくりと見てはくれたが、購入までは至らない。

はちみつとオレンジの組み合わせ自体は、そう珍しいものではないはずだ。

とすれば、今年のオレンジが酸っぱいことはみんなが知っていて敬遠《けいえん》されてる……？　そんなふうに分析しながら内心、少し不安になってくる。

そこで無駄に飴の位置を変えるなどしていたら……いつのまにか手元には影が落ちている。

「え」

なにかと思って見上げれば、そこにはあの美丈夫《びじょうふ》がいた。

その圧倒的な美貌《びぼう》と、漂う只者《ただもの》では発しようがない他《た》を圧倒するようなオーラ。間違いなく、この間出会った冒険者だ。

たしか、ライラットさんだったっけ。

彼はまたしても、じーっと私のほうを見つめてくる。やっぱり私に好意が……って、そんなわけない。もしかして、また面倒なことを言われるのではないだろうか。

というか今回はすぐそばに、シロもいるし、彼はそちらにも目をくれる。

もしかしてまずい？

そう思ってたじろぐのだけれど、

「ひとつもらえないか」

どうやら自意識過剰《かじょう》だったらしい。その目線がいっていたのは、まさかのオレンジ飴のほうであった。

「は、はい！」

私は拍子抜けさせられつつも、すぐに串を箱から抜く。

それに対して彼が差し出してきたのは、まさかの金貨だった。それも大金貨ときた。

「えっと、すいません、おつりがなくて」

大金貨の価値はといえば、日本円で十万円ほど。その下の小金貨が一万円で、銀貨は千円、銅貨は百円。

まさか十万円で三百円の飴を買う人などいるまい。せいぜい、一万円＝小金貨程度だろう。そんなふうに考えていたから、まさか大金貨が出てくるとは、思いもしなかった。

「構わない。持ち合せがないんだ。それでひとつくれ」

どうやらこのイケメン貴族様は、金銭感覚がおかしいらしい。

なんの躊躇《ためら》いもなく、大金貨を渡してくる。

これを受け取れば、これからひとつもオレンジ飴が売れずとも、しばらく分の売上に匹敵《ひってき》する利益を得られる。なにせ原価率は一％を切るのだ。

が、しかし。本来の値段以上の金額を受けとるのは、なんとなく自分の中で釈然《しゃくぜん》としない。

商売人としても褒められる行為じゃない気がする。

私は逡巡《しゅんじゅん》していたのだけれど、彼の背後に人が増えてきたのを見て、はっと思いついた。

「えっと、これは受け取れません」

「……そうか。では、また後日――」

「や、もうこれあげます！　だから、ひとつお願いを聞いてもらっても？」

「……面倒なことでなければ構わないが」

「そこまで時間はいただきませんよ。ただ、すぐそこで食べて、そのあと、ここのゴミ箱に捨てに来てください」

「それになんの意味がある……？　いや、いい。聞いたことは忘れてくれ。本当にそれでくれるんだな」

「はい！」

食いついてくれてよかった。私はすぐに、オレンジ飴を一本用意すると、彼に手渡す。

彼はそれを屋敷の壁際によって、食べ始めてくれた。

なかなかいい食いっぷりだった。はじめはどこから食べようかと迷っているようだったが、豪快にがじりとかじりつく。すると、ぱりぱりと飴の割れる気持ちのいい音があたりに響き渡った。

そう、これこそが醍醐味《だいごみ》だ！　多少割れて落ちてしまっても、口が汚れても気にせず食べる。ライラットさん本人がそれを意識したわけではないだろうが、まさに求めていたとおりにやってくれた。

彼は食べ終えると、その串を持って、私のほうへと寄ってくる。

「いい味だった。今年一番、うまいオレンジだった。また食いに来ても構わないか」

少しだけ柔和《にゅうわ》な表情をしていた。ほんのりではあるが、たしかに口角《こうかく》が上がり、頬には朱がさしている。

どうやら冷徹そうな雰囲気に反して、彼は甘党らしい。謝れないという欠点に続いて、また

しても子どもっぽいギャップだ。私はくすりと笑う。

「はい。また、たくさん買ってください！」

「そうか。それは助かる」

ライラットさんはそれだけ残すと、串を捨てて、去っていく。

そのすぐあとのことだった。これまでは遠巻きで様子見をしていた通行人たちが、銅貨を握りしめて、一気に殺到したのは。

気づけば列ができるほどになっていて、それを見かねたのか、屋敷の中からは従業員さんが慌てて駆けつけてくれるほどだった。

「り、リリーちゃん！　いきなり、どういうこと？」

「冒険者のお兄ちゃんが買ってくれたから、みんな気になったみたい」

そう、いわば間接的な宣伝だ。ＳＮＳでインフルエンサーが紹介した商品が飛ぶように売れるのと同じである。

ライラットさんはただそこにいるだけで衆目《しゅうもく》を集める人間だ。彼が口にしたものならば、ほかの人も手を伸ばしやすい。そう考えたのだ。

これなら、サービス以上にお金をもらうことにもならないし、なにより利益が一度限りに留《とど》まらない。

一度食べてくれた人が噂にしてくれれば、評判というのはどんどんと広まる。結果的には、大金貨一枚より大きな儲けにも繋がるかもしれない。

『リリー、追加分持ってきたよ！』

作戦は大成功だった。

食事処だけの営業をしていたときは、手が余っていたのが、一気に忙しくなったらしく、キッチンからの飴の運搬はシロがその背中に乗せるという形で手伝ってくれる。

『みんな、リリーのことたくさん褒めてたよ。大物になるわ〜、可愛いし頭も切れるし〜、だってさ！』

シロによる、従業員さんたちの似てない物まねはともかくとして。一応、認めてもらえたらしい。

私はそれにほっとしつつも客をさばいていたら……どういうわけか、またライラットさんが現れた。

たしかにまた来るとは言っていたけれど。まさか今日の今日、それもすぐあととは思わない。

よほど気に入ったのだろうか。

「えっと、銅貨はお持ちですか」

「お前、これを見越して、俺に飴を渡したのか」

「これって？」

「今のこの人気だ。分かるだろう」

またしても、ずばり言い当てられる。

が、素直に頷くと面倒なことになりかねないのはもう分かっていた。

「たまたまだよ。それで、買うの？　買わないの？」

ライラットさんはそれにすぐ答えることなく、私をじろじろと見る。そのなにかを見透かすような視線に、唾を飲み込んで少し、私は思い切って口を開く。

「えっと、後ろも並んでますから！」

どうにかこう無理やりにどかせようとしたら、ライラットさんは不服そうにしながら、銀貨を三枚置いた。

「……俺も並んだんだ。これで買えるだけくれ」

どうやら彼は、わざわざ両替までしてきたらしい。

こういう一面を見せられると、単に厄介とも思えないのが、少し憎らしかった。

私は、受け取ったお金で買えるだけの本数を彼に手渡す。すると彼は満足そうに店前を去っていった。

ちなみに、それをじーっと見つめるローブ姿の男の子もいたのだけれど……彼はそれに気づいてすらいなかった。

気づいたとしたら、一本くらいあげていたのかどうかは、少し気になるところだ。

◇

それからも、冷やしオレンジ飴は飛ぶように売れた。

発売開始から二週間ほどが経っても、その人気が陰ることはない。

人気に拍車《はくしゃ》をかけたのは、私の十八番《おはこ》、アレンジだ。

飴を紅茶風味にしたり、ミントをきかせてみたり、色々とラインナップを追加して、それを数量限定にしたら、これがはまった。

今やそれを求めて、開店前から行列ができるまでになっている。

「しかしまぁ、すごい人だな。少し前までなら想像もできなかった光景だ」

机の裏で飴を並べるなど準備を進めながら、ハリドがしみじみと言い、

「リリーじゃなかったら作れなかった光景ですね。さすがだね、リリー」

それにアルバートがこう答えて、私の頭を軽く撫でる。

今日は、ふたりも店を手伝ってくれることになっていた。ようやく挨拶回りや、商談関係が一段落ついて、時間ができたらしい。

私としては、最高の助っ人だ。ここの従業員さんともずいぶん仲良くなったとはいえ、まだまだふたりと一緒にいるほうが落ち着くし、

「じゃあ、お父さんとお兄ちゃん、お願いしてたやつよろしくね」

なによりも変わった頼み事もしやすい。

私はふたりにそれぞれ、絵を描いた木の札を手渡す。

「おお、なかなかいいデザインだな。うちの旗に採用したいくらいだ。父さんもひとつもらってもいいか？」

私が木の札に書いたのはデザインというほどのものでもない。三本の線で目と口を表した、単純な狐の絵だ。半分の札には、赤のインクで、残り半分の札には青のインクで書いてみた。ただそれだけだ。

要するに、親ばか特性が発動したらしい。どこの世界線に来ても、親というのは子が作ったものが愛おしくなるようだ。

「えっと、お父さんがそれでいいなら……」

私は戸惑いながらにこう返す。

「父上、いいから配りますよ」

そこでアルバートが穏やかな笑顔でハリドを諌《いさ》めてくれた。

「あ、あぁ、そうだったな。悪い、悪い、リリーの絵が可愛くてなぁ」

その後、ふたりは行列の前方と後方に分かれて、その札を配り始める。

それを見ながら私は木の皮で作ったお手製のメガホンで声を張り上げる。

「これを持って、赤の人は一時間後、青の人は二時間後に来てください」

狙いは、整理券による時間の割り振りだ。いわば予約制にしたのである。

これならば、店の前に行列を作ってしまって、通行を妨げるようなことにはならない。

ふたりが札を配ると、行列が一気にはけて、小さなものになる。それを見てほっと一息ついていたら、アルバートが一足先に戻ってきた。

その手に握られているのは、赤で狐マークの描かれた札だ。彼はそれをまじと見つめる。

「お兄ちゃん、余ったの？」

「あぁ、うん。せっかくだから、僕ももらっておいてもいいかな」

……そういえば、この兄も大概、リリー大好き人間なのだった。

私が少し呆れつつも首を縦に振れば、アルバートはそれをポケットにしまい、「よし」とひとつ気合を入れる。

「ありがとう。じゃあ、このぶんもしっかり働かないとね」

もう身体が弱かった頃の面影はなかった。

アルバートは大きく声をあげて売り込みを行ってくれる。

彼もライラットさんとは別のベクトルで、かなりの美丈夫だ。その美貌が女性客を呼んだのか、あっという間に用意していた整理券がなくなる。

これで今日分の売り上げは確保したも同然だ。

ハリドが客対応をしてくれている間、私がほっと一息つく。と、どこからかじとっとした視線を感じて、私は椅子に座りながら、きょろきょろとあたりを振り見る。

そうして見つけたのは、ローブ姿の男の子だ。

彼のことは、前にも見かけたことがあった。たしかライラットさんが大量のオレンジ飴を買ったのを、羨ましそうに見ていたのだっけ。

今日も彼は、そのときと同じ場所にいた。

記憶が正しければ、彼がお客さんとして買ってくれたことはないから、なにか買えない理由があるのだろう。

できれば、飴のひとつくらい分けてあげたかった。

ただ、ほかの人にはお金を払ってもらっている以上、表だってそういう行動をとるわけにはいかない。

私がひとりもやもやとしていたら、横からかんかんと音がする。なにかと思えば、アルバートが両手それぞれに飴を持つと、こつこつとぶつけていた。

やがて、それにヒビが入る。

「えっと、お兄ちゃん？」

「はは、どれくらい固いのかと思ってね。ふたつとも、だめになっちゃったよ。これは、リリーの好きにしたら？」

……なんて、できた人なのだろう、この兄は。

たぶん私があの少年のことを気にしているのを悟って、わざわざ理由を作ってくれたのだ。

そんな真意《しんい》をいっさい口にしないあたり、もはや完璧すぎる気遣いだ。

こんなことをされたら、同年代の女子なら間違いなく惚れる。これは、罪な男になるに違いない。

「ありがとう、お兄ちゃん！　ちょっとお店よろしくね」

私はその飴をふたつ持つと、彼のもとへと近づいていく。そして、「どうぞ」といきなりに差し出した。

「……なんだよ、いきなり」

私が愛想よく笑いかけたのに対し、返ってきたのはぶっきらぼうな声と、フードに目を隠した状態からの睨みだ。

なかなかに鋭い目つきだった。フードから覗く黒みがかった金の髪も、子どもとは思えぬ迫力を醸《かも》し出している。

私がただの五歳児なら泣いていたかもしれないが……

中身は、元ＯＬ。子どもに睨まれたくらいでは、可愛いとしか思わない。

「食べたかったんでしょ？　これ割れちゃったけど、それでもよければ」

「ち、ちげぇよ。そんな甘いもん、悪いけどこのオレには――」

「いらないの？」

「……そうは言ってない」

彼はぶしつけにも、「ん」とふてぶてしく、手だけを伸ばしてくる。

が、こんな態度で物をあげるほど、善人でもない。私はオレンジ飴をさっと背中の後ろへと隠す。

「くれるって言っただろ」

「んー、くださいって言ったらね。そしたら特別にあげる」

「な……。とんだ押し売りじゃねぇか」

男の子は、そう不平を言うが、私は目を瞑って、それをただ聞き流す。すると、そこでぎゅるりとお腹の音が鳴った。

……その子ではなく、私のほうから。

朝ごはんもしっかり食べてきたはずなのだが、飴の甘い香りに、別腹が刺激されたらしい。

このあたりは子どもだから、しょうがないのかもしれない。

「お前がさっさと食べたほうがいいんじゃね？」

「……そうかも。一緒に食べよっか」

私はそう言うと、後ろのベンチを振り返る。それに男の子が首を縦に振ってくれたから、オレンジ飴を手渡した。

そしてふたり、ベンチに並んで、食べ始める。

「私、リリーって言うの。五歳で、今はお父さんの旅についてきてるの。君は？」

「オレも五歳だ。ヴァレールっつーんだ。旅かぁいいな。オレはこの辺が地元なんだ」

食べながら、自己紹介を交わす。どうやら彼は、地元の子どもらしい。

「お前、毎日働いてえらいな」

「ヴァレールは働いてないの？」

「まぁな。オレはこれ、目指してるから。代わりに特訓してんだ」

と彼はローブを軽くめくり、腰元を見せてくれる。そこに差されているのは、小さな木材だ。

たぶん、剣のつもりなのだろう。盾の代わりに五角形の板も腰には提げられていた。

「冒険者になりたいんだ？」

「へへ。オレにかかれば、どんな魔物でも一発だぜ！」

彼はそう言うと、剣もどきを抜いて、ぶんとひとつ振って、いたずらっぽく笑う。

これぞ、五歳児という感じだ。前世でいえば、戦隊ものや特撮のヒーローに憧れているのと同じなのだろう。どこの世界に来ても、それは変わらないらしい。

本物の子どもは、こうでなくちゃね。私はひとり、うんうんと頷く。

「リリーはなんか、夢あるか？」

「夢？　んー、今は黄金鶏のスパイス揚げ食べること！」

「なんだそれ……夢じゃないだろ、全然」

「あぁ、気にしないで。なんで冒険者になりたいの？」

「そりゃあ、憧れの人がいるからな。その人は本当に強くて、二種類も魔法が使えてな──」

最初に見せた拒否するような姿勢はどこへやら、ヴァレールは嬉しそうに、自分の理想を語ってくれる。

飴がなくなってもなおそれは続いたが、お昼を告げる鐘で、ついに止まった。

彼はそれを聞くや、ベンチから跳ぶように降りる。

「おっと、そろそろ戻らねぇと」

「お。稽古《けいこ》の時間？」

「まぁそんなとこ！　じゃあな、また来るぜ。飴、ありがとうな、リリー」

そして私に手を振りながら、走り去っていった。

私は私で、仕事をずいぶんと任せてしまったことを思い出して、屋台のほうへと戻る。

そこではどういうわけか、ハリドがわなわなと手を震わせていて……

「リリー、今の子はなんだ……？　だ、だめだぞ。お父さんはまだ許さないからな⁉」

私とヴァレールの様子を見て、なにやら勘違いをしたらしい。

さすがに五歳でラブロマンスは早すぎるというものだ。それに一応、私の中身はＯＬだし、五歳児に恋したりはしない。

◇

オレンジ飴販売が軌道に乗り、忙しい日々を送る中でも、私はちゃんと覚えていた。

なにをといえば、もちろん夢にまで見た黄金鶏のスパイス揚げのことだ。

ハリドによれば、あれからも入荷できない状態が続いているらしい。

その主な原因は、そもそも黄金鶏の狩猟《しゅりょう》数が激減しているせいだそう。

そうなると、うちのような比較的最近、この町で事業を始めたルナール商会には回ってこないとのことだ。

が、それを聞いただけで諦められるような私ではない。

なぜ狩猟数が減っているのか。それを突き止めたかった私が、シロの散歩と称して足を向けたのは——

『わぁ。大きな建物だね、リリー』

「うん。すごく雰囲気あるかも。なんかいよいよファンタジーゲームって感じ！」

『えっと、ゲームって？』

「あぁ、ごめん、忘れてね」

冒険者ギルド、その門前だ。

商業ギルドは町の真ん中にあったが、ここは中心街から少し外れに建っている。

シロの散歩の際、遠目に見たことはあったが、ここまで近づいたのは初めてのことだった。

その敷地内からは、魔物も出現する『惑《まど》いの森』まで道も整備されているらしい。

実に立派な建物だった。門前の案内を見るに、中にはアイテムショップ、依頼所、酒場、色々な施設があるようだ。

私がその案内を読んでいると、後ろからがしゃがしゃと鉄のすれる音がする。

振り返るとそこにいたのは、ちょうど森から帰ってきたところらしい冒険者ふたり組だ。

「なんだ、あの犬連れのガキは」

「ここはガキの来るところじゃねぇってのによ。誰かの子どもか？　お前のガキだったりしてな」

「おいおい、冗談よせよ。俺は子ども嫌いなんだ」

ふたり組の片方はそう言うと、私のほうへとずんずん近づいてくる。

「どっか行きな。お前のようなガキが来るところじゃねぇんだよ」

そして思いっきり、メンチをくれて、どすを利かせた声でこう言ってきた。

あー、この手の人ね。面倒くさいことこのうえない。明らかに立場が弱い子どもに喧嘩《けんか》腰になって、なんの意味があるんだか。

私は心の中でそう思う……だけのつもりだったのだけれど、うっかりとため息が出ていた。

それが、怒りを買ってしまったらしい。

「てめえ……！　クソガキ、ほんとにやっちまうぞ⁉」

うん、これはまずい。完全に頭に血が上ってしまっている。もうひとりが止めに入るが、全然止まる気配がない。

『リリー、ぼくがやるよ、下がって』

これには少し後ろでシロが唸り、介入してこようとするが、私はそれを後ろ手に止めた。

こんなところで問題を起こしたら、大事になってしまいかねない。

だから、やるなら穏便《おんびん》に、隠密に。なにが起きたかばれないように、相手を退けたほうがいい。

私は、後ろ手に魔力を込め始める。その、すぐあとのことだった。

「……お前たち、なにをやっている」

割って入ってきたのは、低く、どこまでも冷たい声だ。

思わず背中がぞくりとして、私は声のほうを見る。それはふたり組も同じだったようで、はっと背後を振り向く。

「小さい者を相手に強がってなんの意味がある」

そこにいたのは、ライラットさんだ。

「おれもいるよ、いつかの女の子じゃん。来てくれたんだね？」

彼のパーティメンバー、リュカさんもいる。

そしてふたりの姿を見るや、男の態度がころりと変わった。怒気《どき》で赤く染まっていた顔は、みるみるうちに青ざめていく。

「あ、えと、す、すいませんでした‼　な、なんの意味もありません。だ、だよな、お前⁉」

「は、はい！　本当に失礼しました‼」

こうとだけ叫ぶと、もうひとりの男とともに、慌てて退散していった。

ライラットさんもリュカさんも、それを追うことはしない。ライラットさんは真顔で、リュカさんは咎《とが》めるような視線で、後ろ姿を見送っていた。

あの様子じゃあ、きっとあのふたり組はそう強いわけじゃないのだろう。正直、倒せない相手ではなかったかもと思うが、無用に争いたくなかったのは事実だ。

「ありがとうございます」

私はぺこりと頭を下げる。それに対して、ライラットさんはぶっきらぼうに言う。

「なにをしにこんなところに来た。飴屋の娘」

「飴屋ですけど、それだけじゃないよ。ルナール商会のリリーです」

「……そうか。それで商人の娘がなんの用でここに来た？」

「ちょっとお話を聞きたかったの」

私はそう言うと、ポケットからこの間、リュカさんにもらったサインの書かれた紙を取り出す。

　それを見るや、リュカさんが私に視線を合わせるようにして、しゃがんだ。

「なるほど。これがあったら、おれに会えるかもって思ったわけだ？」

「うん。知りたいのは、黄金鶏、えっとドレバードのこと。どうしても食べたいの」

「はは、可愛いなぁ。ドレバードな。それなら、ちょうどおれたちも探しに出てるところだよな」

　リュカさんはしゃがんだまま、ライラットさんにそう投げかける。

　それにライラットさんは単にひとつ首を縦に振った。

「最近は、めったに山で見かけなくなった。もともと群れで行動する生きものだから一匹で見ることもない。それでも一部の連中だけは、どこかで見つけてきているようだが」

「理由って分かるの？」

「それをお前に教える必要があるか」

　まぁそりゃそうなんだけど。さすがにドライすぎる。

　そこで私が助けを求めるようにリュカさんを見れば、彼は苦笑いをする。

「まぁまぁ、あんまり冷たくするなよ、ライ。簡単に言ったら、群れごと消えたんだよ。それも忽然《こつぜん》とね。好んで食べる餌を用意して一晩張っても、現れなかった。かなり弱い魔物だから、ほかの魔物が丸呑みしてるのかもしれないけど、それにしたって骨のひとつもないんだ。見つけてくる連中は、群れからはぐれたのを捕まえてるんだろう」

「……忽然と消えた……？」

「おれたちはその調査のために、今はこの裏手の『惑いの森』で活動してるんだ。もちろん他の任務もやってるけどね」

「その調査でなにか分かったの？」

「いや、まだなにもつかめていないんだ、これが。試行錯誤中だよ」

これを聞けただけで、ここへ来てよかった。そう思えるような生の情報だった。

ただ数が減っただけではないらしい。ついでだ。もう少しなにか引き出したいところだったが、

「もういいだろう、飴屋の娘。その犬と、早く戻れ」

そこでライラットさんが会話を断ち切る。そのあとすぐに彼は、冒険者ギルドの敷地内へと歩き始めてしまう。

「まったくライのやつ。まぁ、あれで悪気はないんだ。今回の依頼を受けたのも、自分の地元の特産を取り戻すため。一応、その辺はちゃんと考えてるんだよ。それに、今帰れって言ったのも――」

「私の安全のため？」

「はは、よく分かってんじゃん。リリーちゃんだっけ？　君、ライのお嫁さんになれるんじゃ

ないか？」

いやいや、五歳になにを言ってるんだか。

だいたい、ライラットさんのお嫁さんはすごく大変そうだ。毎日、あの圧にさらされるのはごめん被りたい。それに、「あれ取ってくれ」「あぁ、あれね」みたいな、高度な理解力を求められることになりそうだ。

「ま、そういうわけだから。じゃあ、おれも行くね」

リュカさんがそう言うのに、私はひとつ首を縦に振る。彼はひとつ私の頭を撫でて、それからシロの頭もふわりと触り、ライラットさんを追いかけていった。そしてライラットさんの肩をぽんとひとつ叩いてから、嫌がるのに構わず肩を組む。

どうやらあのふたりは、いつもあの構図になるらしい。

なんとなく、夫婦みたいな関係だ。私より彼自身のほうがライラットさんのパートナーに向いているかもしれない。

『中には入れなかったね。これだけでよかったの？』

帰り道、シロが私にこう聞く。

「うん、十分だよ。少しは理由も分かったしね。付き合ってくれてありがと」

『でも、理由知ってどうするの？』

「……うーん。今度、抜け出して行っちゃおっか。お父さんとお兄ちゃんが商談の日とか！」

『リリー、ほどほどにしなよ？　また怒られるよ』

「分かってるよ！　でも気になるじゃん？」

◇

こっそりと山に入る。そして、黄金鶏・ドレバードが消えた理由を解き明かすとともに捕まえて、なんとしてもスパイス揚げを食べる。

そんな私利私欲《しりしよく》を固めて揚げたみたいな目標のため、私は計画を練りに練った。

が、しかしだ。どうやって町を抜け出すかがどうしても定まらなかった。

それなりに規模がある町だけあって、デビの村とは勝手が違った。

門を抜けて町の外に出るのは子どもひとりでは厳しいし、町から直接森に入れる場所は、冒険者ギルドの中にある道だけ。そのうえ町の山側は、瘴気《しょうき》を防ぐ高い柵で囲われていて、警備も厳しい。

そんな状況できっかけを得られないまま、ピンリールでの滞在期間は、残すところ一週間となっていた。

終わりが見えて、焦りが募る。そんな矢先のこと、そのイベントは唐突に降ってきた。

「リリー。今日はお兄ちゃんと一緒に、農園に行こうか」

その日、商談などもなく休みだったアルバートが、朝食の席でこんな提案をしてきたのだ。

「ちょうど、りんごが旬だからね。味見もさせてもらえるみたいだよ」

「……りんご！」

飴にするには、ぴったり。なんなら、飴界においては王様的なフルーツだ。

「えっと、でもお店はいいの？」

「はは。仕事の心配とは立派なもんだ。でも、気にしなくていいさ。遠慮なく遊んでこい。仕事ってのは遊びや休みがあるからできるんだ」

と、ハリドが答える。

ハリドが従業員たちに慕われる理由がよく分かる名ゼリフだった。『明日、有給だけどちょっと来てもらっていい？　ほんのちょっとだから』と言って、有給を消化されたうえに、朝から夜まで働かせてきた前世の上司とは大違いだ。

「じゃあ、行きたい！」

私は心置きなく、そう答える。が、疑問に思うこともひとつあった。

「ね、その農園ってどこにあるの？　町の中にあったっけ」

「あぁ、それならこの町から少し出たところにあるみたいなんだ。森があるところを一部切り開いて作ったみたいだよ」

「それって、もしかして『惑いの森』？」

「うん。でも大丈夫、農園までの道中は安全だよ。そこにも防護柵があるみたいだから」

まさかの、町の外。しかも『惑いの森』のすぐそばときた。

もしかすると、思わぬチャンスが到来したのかもしれない。私は思わず笑みをこぼしてしまう。

それがどんなふうに映ったのか、たぶん、子どもの純粋に楽しみにしている笑みとは別ものだったのだろう。

「くれぐれも、危険なことはしないようにね」

アルバートにこう釘を刺される。だからとりあえずは、ひとつ首を縦に振っておいた。

朝食後、はさみや手袋など、道具類を準備したのち、私たちはシロも連れて店を出発する。

「いいねぇと思ったら、どっか行くのか？」

すぐ軒先《のきさき》で、ヴァレールに出くわした。

一緒に飴を食べた日以降も、彼は店まで足を運んでくれていた。今では、飴に関係なく、よく話す仲になっていたのだ。

「うん。農園に行くの」

「あー、町外れのか。いいじゃねぇか」

「でしょ。ヴァレールも行く？」

私はついこう尋ねてから、確認するように保護者たるアルバートを振り返る。

「まぁ親御さんがいいって言うならいいんじゃないかな」

さすが面倒見のいい兄だ。彼は苦笑いしながらも、一応は認めてくれた。

あとはヴァレール次第だが……

「農園……、オ、オレも行ってもいいのか!?　行ってみてぇ‼」

聞くまでもないくらい、かなり乗り気だった。最初に飴をもらったときのように強がるかと思っていたが、素直になったものだ。

「か、確認してくるから待っててくれ！」

彼はそう残すと、家があるだろう方向に走っていく。すぐに戻ってきたと思ったら、走りながら満面の笑みで、頭の上に大きく丸を作っていた。

うん、これぞ子どもの心底の笑みだ。

これで三人と一匹。私たちは町の外へと出て、農園へと足を向ける。

農園までは子どもの足で三十分ほどの距離だった。

立地としては、本当に『惑いの森』のすぐ脇だ。なんなら、その一部に食い込んでいる。

「魔物が踏みつけたり、フンをしたりすることで、とっても栄養分の高い土が出来上がるんですよ。瘴気だけをうまく取り除いてあげれば、ここは最高の土をすぐそばから持ってくることができます」

農園の管理人の説明によれば、こう。

どうやらこの職業は、こっちの世界にもあるらしい。そして、前世と同じであることはもうひとつ。

目の前に、りんごの木がたくさん広がる状況を前にすれば、難しい説明はまるで頭に入ってこなくなるという点だ。子どもの身体だから、というのもあるかもしれない。すごくうずうずとして、かかとを上げたり下げたりを繰り返す。

そうしていると最後に、敷地の範囲を越えないようにとの注意があって、やっとのことで説明が終わったと思ったら……

「ちょっとオレ、奥行ってくる！」

待ちきれなかったのは私だけではなかったようで、まずヴァレールが一気に走り出す。

どうやら彼はりんごそのものよりも、この農園の雰囲気を楽しんでいるらしい。早々に奥へと駆けていってしまう。

「外には出ないようにね」

とのアルバートの言葉には、「おう」と元気な返事があった。

「リリーは行かなくてもいいのかい？」

「うん。あぁいうのは、ちょっとね。それより、お兄ちゃん。りんご採って？」

「あぁ、いいよ。どれにする？」

「んーと、それ！」

私はなによりも食い気だ。できれば『惑いの森』へ出る方法も探りたいが、まずはお腹を満たしたい。

はさみは持ってきたとはいえ、りんごは到底届かない場所になっていた。

だからアルバートにお願いして、まずはひとつを手に入れる。そして、その場でかじってみると、

「甘い……！　すごいよ、これ。よだれがどんどん出てくる」

栄養豊富な土の効果か、かなり美味しかった。

食べたことがないくらいジューシーで、かじっているというのに、ジュースを飲んでいるかのようだった。

その甘酸っぱさは、くせになって、私はしゃくしゃくと食べ進める。

「うん。なかなかいけるね。なんでも使えそうだ」

アルバートもひとつかじると、納得したように何度か頷いていた。

その言葉を聞きつけたのだろう。すぐに、農園の管理人が寄ってきて、

「えぇ。ぜひ、うちのりんごをルナール商会様でも扱ってください」

こんなふうに持ち掛けてきていた。

まぁそもそも商会の関係があって、今日はこうして招いてもらえたのだろう。見たところ、他にお客さんはいないし、そうじゃなきゃおかしい。ボランティアでやってるわけじゃないしね。

一気呵成《いっきかせい》の営業トークが繰り広げられるのを横目に、私はりんごをシロにも食べさせようとする。

『……もしかして前のオレンジみたいにすごい酸っぱいんじゃ』

……どうやらオレンジの一件から、私の味覚は信用されていないらしい。

だが、それでも「今回は大丈夫だから！」と言えば、身体に見合わないほど小さく、一口かじる。

『す、すごい！　すごく美味しい！』

そして、目を見開いたと思ったら、この発言だ。

どうやらかなり気に入ったらしく、しっぽを大きく振る。彼の言葉が分からない人から見ても、喜んでいるのが手にとるように分かる様子だ。

『リリー、あれ食べてみたいね！』

食欲に火がついたのだろう。

シロは、少し先になっていた綺麗なりんごを見つけると、そこまで走っていく。

そのりんごは、木のひときわ高いところになっていた。身体の大きいシロが全身を大きく伸ばしても、ジャンプしてみても届かない。

それを見かねて、私は営業を受けているアルバートのそばを離れて、シロのほうへと歩み寄る。

そこでひとつ思い付きを試してみることにした。私は手元に魔力を集める。

すると、周りに集まってきた精霊たちの中に、風の精霊がいた。

どうやらその見た目は、地域によって異なるらしい。デビの村にいた子とは少し見た目が異なる。

だが、その力は似たように使うことができた。私は風魔法を刃のように使って、頭上のりんごを切り落とす。

落ちてくる地点には、シロが大口を開けて待ち受けていた。

『美味しい～‼』

彼はそのまま豪快に、むしゃむしゃと食べる。

うん、これならはさみが届かなくても、いくらでも採れる！

「ね、シロ。次は私も食べていいかな。実は、はちみつも持ってきたんだ」

『なかなか用意がいいね。もちろんだよ！　お、あれなんかどうかな？』

そうして私とシロは、りんごを食べながら、農園を奥のほうへと進んでいく。

もはや夢中になって、上ばかりを見て歩いていた。

そのうち、気づけば農園の端まで来ていて、はっとしたときには目の前には防御柵があって、シロと驚き合う。

そして、すぐに違和感を覚えた。

「あれ、ヴァレールは？」

たしかに彼はこっちの方向へと走っていったはずだ。

『んー、どっかですれ違ってたのかな』

「そうかもね。ヴァレールも上を向いて歩いてたから、どっちも気づかなかったのかも」

なんとなく嫌な予感が胸を覆う。それで私とシロは、あたりを振り見ながら、隅々まで見るようにして、名前を呼びかけ歩くことにした。

が、反応はないし、見つかる気配もない。

気づけば、アルバートたちがいるところまで戻ってきてしまった。これはいよいよ、まずいことになったかもしれない。

「リリー、ヴァレールくんがどうかしたかい？」

「いないの、どこにも！」

私がそう言うと、アルバートの顔つきが険しいものへと変わる。

「とりあえず、もう一回探してみようか」

彼の提案で、管理人を含めて探すのだけれど……結局見つけることはできなかった。

代わりに見つけてしまったものは、

「……これって」

倒れた防御柵と、森のほうへと続く小さな足跡だ。

どうやらヴァレールはこの奥へと踏み入れてしまったらしい。私がやろうと思っていた森への侵入を、どういう理由か、先にやってしまったわけだ。

「こ、ここは……。少し前に外から少し壊されて修理中でした。あぁ、どうしよう」

管理人が震えた声でこう言う。それに対してアルバートは苦い表情をしたのち、頭に手をやった。

「……もっと注意して見ておくべきだったな。僕の監督不行き届きです」

別に彼が悪いわけじゃない。柵が壊れていたこと、ヴァレールが外に出たこと、営業トークを受けていたこと、色々な要素がこの結果を招いただけだ。

なんなら私が誘わなければ、こんなことにはなっていなかった。

「ごめんなさい」

私がアルバートにこう謝れば、彼はしゃがんで私の頭をひとつ撫でる。

「リリーのせいじゃない。とりあえず、すぐに町に戻ろうか。親御さんに報告して、冒険者に捜索依頼を出そう。リリー、あの子の家は分かるかい？」

たしかによく話す仲ではあったが、そのあたりは詳しく聞いていない。なんなら、苗字すら知らないままだ。私は首を横に振らざるをえない。

「……それはまずいね。事前に確認しなかったのは、失敗だった。どうしたものか」

アルバートは眉間に指をあて、痛恨《つうこん》といったように目を瞑る。

『まだ今なら方角が分かるよ。かすかだけど、あの少年の匂いがする。辿れるかも』

そこでシロが地面に鼻をつけながら、こう呟いた。そうだ。彼は狼であり、人より圧倒的に鼻が利くのだ。

「お兄ちゃん、今ならシロがまだ分かるかも」

私がシロの言葉をアルバートに伝えると、彼は大きく目を見開く。

「……本当かい？」

「うん。でも、冒険者の人を待ってたら、消えちゃうよ」

このまま私たちで探しに行くか、それとも冒険者を呼びに行くか。

難しい判断であることは、私でも理解できた。アルバートの眉間には、どんどんとしわが寄っていく。

「私がシロと行く。だから、お兄ちゃんは町に戻って助けを呼んできて！」

そこで私はこう提案した。

一応、折衷《せっちゅう》案のつもりだったが、彼は首を横に振る。

「……リリー。君まで迷子になったら、僕は父さんにどう説明すればいいか分からないよ。それにここは魔物も出るんだ」

「大丈夫、シロがいるし！　それに、迷子にはならないよ。シロはりんごの匂いを覚えたしね」

『うん。もうばっちり。この匂いなら、山ひとつ先でも分かるかも！』

言葉が聞こえていなくとも、その自信満々な様子は十分に伝わっているはずだ。

だが、それでもなおアルバートは決めかねるようで、そのまま考え込むことしばらく。

やっと口を開いたと思ったら、軽く笑う。

「リリーが言うと、本当になんでもやってくれる気がしちゃうな。すぐに追って、もし分からなくなったら、絶対にここに帰ってくること。いいね？　僕はその間に冒険者に依頼をかけてくるよ」

最終的には、説得を聞き入れてくれたらしい。

「だ、大丈夫ですか⁉　子どもを行かせて⁉」

と管理人が言うけれど、

「えぇ、きっと。では、僕は一度戻ります」

もう迷いはなくなったらしい。アルバートが駆け足で農園の出口へと戻っていくのを見てから、私はシロに乗り、兄とは反対方向、森の中へと足を踏み入れる。

「え、ちょ、本当に行くのかい⁉　やめておいたほうが……」との管理人の言葉は、背中で聞き流しておいた。

「シロ、まだ匂う？」

『うん、まだ大丈夫そう！　こっちだね』

シロは迷いなく、走り出す。

緊急事態とはいえ、少しその声が上ずって楽しそうに聞こえたのは、もしかしたら久しぶりに全力を出しているからかもしれない。

その力強いストロークは、ほかの追随《ついずい》を許さない。

途中、私たちを見つけて突進を仕掛けてくる、猪の魔物がいたが、それをあっさりと撒いてしまう。

そうして至った先には、大きな崖が待っていたが……シロは躊躇《ちゅうちょ》なく空へと飛び出して、すんなりと着地を決める。

気持ちが高ぶっているからだろうか、いっさい怖気づくようなことはなかった。

私はその首筋を撫で回す。

「やるじゃん、シロ！」

『まぁね。リリーと遊んでるうちに、もう慣れちゃったよ。これくらい、よくやってたでしょ』

まぁそう言われれば、そうだ。

出会ってからの一年間、私はシロの特訓に付き合い、その過程では崖から飛び降りる練習もしていたっけ。

『それより、もう近いよ！』

「お、どっち？　っていうか、ヴァレール、どうやってこんなところに……」

シロがいたから、なんのことはなく飛び降りられたが、かなりの崖だった。

到底、子どもがひとりで降りられるような場所ではない。降りることができたとして、大けがを負うのが普通だ。

ただ、シロが血の匂いを感じていないということはその線は薄い。

それに、ここまでかなりの距離を走ってきたことを考えれば、一番可能性が高いのは――何者かに連れ去られたという可能性だ。

私が警戒を強めていたら、ぴたりとシロの足が止まった。

『この中から匂いがするよ』

一見すると、ただの岸壁《がんぺき》のような場所だった。

だが、シロがそう言うのだから、この奥にはきっとなにかがあるのだろう。

私たちはとりあえず、押したり引いたり、突進してみたりと試行錯誤をする。

が、それではぴくりとも動かなかったので、魔力を使うことにした。すると集まってきたのは、ずっと近くにいてくれた風の精霊と、ごつごつとした形をした石の精霊だ。

私は彼らに魔力を与えて、壁にぶつける。が、それでもなお威力が足りないらしく、壁には穴が開くだけに終わった。

『リリー、どうしようか』

「うーん……」

私はシロとともに頭を悩ませるが、すぐには方法が思いつかない。

そうして行き詰まっていたときだ。ひとつ、私は思い出したことがあった。

私はカバンの中から、りんごにかけるために持ち歩いていたはちみつを取り出す。そして、それを風の精霊を使って、あたりに香りを舞わせる。

虫だけが集まってくる最悪な展開も考えられたが……

『あら、いい匂いがすると思って来てみたら、いつかの女の子じゃない。こんなところでなにしてるの』

「来てくれた……！」

狙いはばっちりとはまってくれて、私はぱっと笑顔になる。

背後から話しかけられたと思えば、そこにいたのは、この間出会った、美しい人魚のような姿をした水の精霊だ。

彼女は井戸から少年を引き上げる際に、その力を貸してくれた。

そして、その際に交わした会話で、この『惑いの森』に行くことと、花の蜜には目がないことを私は聞いていた。

だから、はちみつで呼び込めないかと思ったら、本当に来てくれた。

今の状況において、こんな最高の適任者はいない。私は、ぱちっと彼女に向けて手を合わせる。

「ね、水の精霊さん。前みたいにもう一回力を貸してくれる？　あとでこの蜜ならあげるから！」

『やっと本気を出させてくれるの？　それに、蜜もくれるなんて。大歓迎よ』

これぞ、百人力だった。

なにせ彼女は遠隔で魔力を受け取っただけで、少年を噴き上げるほどの威力の水を扱えた。

ならば直接的に魔力を与えれば、その力は、岩壁くらい造作もなく崩してしまえるかもしれない。

『きた、きてるわ。これなら、やれるわ。きゃはははは。いくわよ！　全盛期版水流！』

はたしてその予想は大当たりだった。

彼女が作り出したのは、圧倒的な水流だった。その水圧はかなりのものだったようで、さっきまではびくともしなかった岸壁が、粉々になって、奥に続く洞穴が露《あら》わになっていた。

水量が多すぎたのか、あたりには水たまりができてしまっている。

『……す、すごすぎる。こんな威力が出るものなの？』

「う、うん。私もそう思う……」

魔力を与えた側ながら、私はシロとともにしばし唖然《あぜん》とする。

それからはっとして、水の精霊さんに蜜をプレゼントすることにした。蓋を開けた瓶を彼女の方に向ければ、水の精霊さんは瓶の中に潜るように飛び込む。

そうして少し、伸びあがるようにして、瓶の中から戻ってくる。

『あー、気持ちよかった～。蜜も最高よ。でも、ちょっとやりすぎたかも。休憩～』

どうやら限界を出し尽くしたらしい。彼女は身体をだらりと垂らしながら、ふわふわと森の中を漂っていってしまう。

「ありがとうね、水の精霊さん！　めっちゃかっこよかった！」

まさしく救世主だった。その背中に私がこう声をかけると、彼女は軽く手だけをあげて応えてくれる。

それを見送ってから私はシロとともに、洞穴内を進むこととした。

水たまりを越えて、洞窟の中へと入る。

そこには等間隔で明かりが吊るされていた。誰かがこの洞穴の中に潜んでいるのは間違いないらしい。

そして、シロの嗅覚を信じればヴァレールもここにいる。もしかしたら、囚われている可能性もある――。

そんなふうに身構えていたから、

「シロ‼」

『うん、ちゃんと分かってるよ！』

陰からいきなりの攻撃が来たときも、すぐに反応できた。

火の玉がいくつか風に乗せて飛ばされるが、シロは壁をうまく使って、空間全体を利用して器用にそれを避けてくれる。

すると奥から現れたのは、

「ちっ、すばしっこい奴め……って、こいつ」

「この間のガキじゃねぇか。なんでこんなところに」

少し前、ギルドで見たちんぴらふたり組だ。

拍子抜けという言葉が実にふさわしい。警戒して損したかもしれない。私はまたしても、うっかり溜息をついてしまう。

こんな状況でも、こいつらが相手となった瞬間、どうしても脱力してしまう。

私の態度に、あの子ども嫌いと言っていたほうの男が怒りを露わにする。

「てめえ、性懲《しょうこ》りもなく……！」

彼が手元にうねらせていくのは、さっきより数倍大きな火の玉だ。が、いくら威力があろうと、見え見えすぎる攻撃は対処も容易だ。

私は岩の形をした精霊に魔力を与えて、彼らの頭上から大粒の岩を落とす。

ごちんと鈍い音がして、男たちは岩の下敷きになっていた。

「そんなことないよ。この人たちが弱いだけ。それに、こいつらはただの下っ端だったみたいだよ」

『……リリー、強いね』

奥からは、また別の気配がしていた。

それも、結構な数の息遣いが、洞窟の中で反響している。

「ね、シロ。やっぱり、ヴァレールがいるのはこの奥だよね」

『うん。それは間違いないよ。やっぱり匂いがするもん』

「じゃあ、一気に行くしかないね！」

『そういうことなら、ぼく、試したいことがあるんだ。ちょっと魔力もらってもいい？』

「えっと、こう？」

私はシロの身体に、手のひらに集めた魔力を伝えていく。

すると、どうだ。シロの手足が次第に、淡い光を纏い始めた。その手足には、明らかに強い魔力が蓄積されていく。

「シロ、こんなこともできるの？」

『ぼくも今始めてやったけど、うまくいってよかった。もしかしたらって思ってたんだけど、すごいや。リリーの魔力は万能だね‼』

シロはそう言うと、一気に奥へと突っ走っていく。

もはや凪になったみたいだった。前足をかくだけで、相手は吹っ飛んでいく。そして、そんな勢いにもかかわらず、私が振り落とされるようなことはない。

どうやら、彼に与えた魔力がそうさせているらしい。安定して、乗ることができていた。

「すごい、あはは、ちょっと楽しいかも！」

まるで遊園地のメリーゴーランドみたいだった。その激しい動きは、まったく子ども向けではないけれど、それがまた楽しい。

私が勝手に楽しんでいるうち、シロはそうしてあっという間に、相手の数を減らしていく。

「な、なんだ、お前ら……。くそ、護衛の奴らはどうした⁉」

そして、あっという間にボスらしき男のもとまでたどり着き、振るってくる刀を打ち落とすと、前足で壁へ向けて蹴とばす。

『まだまだ‼』

もう相手は完全にダウンしていた。

それでも、シロは攻撃を続けようとするから、私は「もう大丈夫だよ」と制止する。が、なおもシロは唸り続ける。

どうやら声が届いていないらしい。その目は、血走って見えた。このままでは、まずいかもしれない。このまま暴走してもおかしくない。

「止まれ！」

危機感を覚えた私は強くこう叫ぶとともに、彼の首元を叩く。

すると、どういうわけか魔力がシロから私のほうへと流れ込んでくる。それがどう影響したのか、シロはそこで我に返ってくれたらしい。

手足が元の大きさに戻っていき、さっきまでとは正反対に、身体を縮める。

『ご、ごめん、リリー。ぼく、今……』

完全にいつもの彼に戻っていた。身体は大きくても、まるで子犬のよう。耳も垂れて、しょんぼりとしている。

「まぁ、狼の本能なのかもよ。これもまた特訓だね。前みたいにやってたら、いつかは制御できるよ、きっと」

『う、また特訓かぁ……』

シロは落ち込んだように、とぼとぼと歩き出す。

奥からは、なにやら甲高い鳴き声のようなものと、人の叫ぶような声が聞こえてきていた。

もしかしたら、まだ残党がいるのかもしれない。私が慎重に近づいていけば……

「あー、うるせえって！　耳が痛いんだよ‼」

一番奥の空間で待ち受けていたのは、大量の鮮やかな黄色をした鶏と、ヴァレールだった。

彼は土に埋められた棒に、後ろ手を縛られているらしく、鶏たちが走り回る中、その場で足だけをばたばたと動かしている。

……どういう状況なのだろう、これは。新手の拷問《ごうもん》？

というか、この生きものって、もしかして私の探していた黄金鶏・ドレバードじゃない？　もしかしなくても。

その毛色もそうだし、弱いという評判もそのままだ。足元をつついてくるが、かゆい以上の感想はない。

情報量の多い謎の光景だった。私が戸惑っていると、

「リリー！　お前、なんでここに⁉」

鳴き声にかき消されないためだろう、ヴァレールが叫ぶように言う。

そこで私はとりあえず黄金鶏たちをかき分けて、彼のもとまで向かい、その紐をりんご採取用に持ってきていたはさみで切り落とした。

近くにいても、まともに声が聞こえる状況ではなかった。

だから私は出口のほうを指さし、それに彼はただただ首を縦に振る。

さっき倒した男たちをスルーして、外へと出てから、私はまずひとつほっと溜息をついた。

「とりあえず無事でよかったよ、ヴァレール。まったくもう勝手なんだから」

「リリー、お前、なんでここに」

「こっちが先に聞きたいよ。もしかしてヴァレールも黄金鶏が食べたくて、森に入ったの？」

「……ばか。お前と一緒にすんな」

ヴァレールはそう言うと、木にもたれかかり、そのままずるずると、背中を滑らせるようにして、尻をつく。

少し暮れ始めていた空を見上げると、

「冒険者に一刻も早くなりたかったんだ」

小さな声でこう漏らす。

「言ってなかったけど、オレ、ピンリールって苗字なんだ」

「え。たしか、それって……」

「あぁ、この町一帯の領主やってる伯爵家だ」

なるほど、話が見えてきた気がする。だって私はもうひとり、ピンリール家の人間を知っている。それも、超有名人を。

「じゃあ、憧れの冒険者ってライラットさんのことだったんだね」

「さすがにお前でも知ってるか、兄貴のこと。あぁ、そうだ。ずっと憧れてる。もっとも兄貴は、超優秀だから、オレのことなんか見てないだろうけどさ。だから家に帰ってきてる今も、オレとは顔すらほとんど合わせてない」

ヴァレールはそれが悔しくて、悲しかったらしい。

それでライラットさんを追いかけるようになり、彼が訪れていたオレンジ飴の屋台近くで、張り込みをすることが増え、私に出会ったとのことだ。

「今日、魔がさしたのもそれだ。オレだってやれる。魔法はまだ使えないけど、オレだって、兄貴に認められるくらい戦える……そう思いたかったけど、全然だった。魔物に襲われて逃げてたら、変な奴らに出くわして、捕まった。相手にもしてもらえなかったぜ。情けねぇ」

なんて無謀なのだろう。

大人の頭で考えるとそうとしか思えないが、子どもの視点に立てば、よーく気持ちは分かる。

少しでも早く、大人になりたい。自分の理想に近づきたい。

そう、本気で思っているからこその行動だったわけだ。

「こんなんじゃ、兄貴が振り向いてくれるわけがないいな」

ヴァレールはそう言い放つと、涙を見せまいとしたのだろう。腕に顔をうずめて、そのまま固まってしまう。

もう夕暮れの時間だ。アルバートとも、ヴァレールを見つけたら、すぐに戻る約束をしているし、早く人を呼んで、洞窟の中にいる連中を一網打尽《いちもうだじん》にしたほうがいいのは間違いない。

それに、なにより私としてはあの黄金鶏をしっかり確保したい。

だが、彼の気持ちも考えて、もうしばらくは、そっとしておこう。

そう判断した私はシロと目を合わせると、そのすぐ横で、三角座りで待機することにする。

そのまましばらく、そろそろと声をかけようとしたときだ。近くから、ざっざっと足音が聞こえてくる。

それで振り向けば、そこにはそのライラットさんがいた。

私は慌てて、すぐ横にいるヴァレールの肩を揺する。

「なんだよ」

と、彼は不機嫌そうに私を見る。それから上を見上げて、そのまま大きく目を見開いた。

「兄貴……なんで」

「捜索依頼を受けたんだ。そこの飴屋の娘の兄に」

また、アルバートはとんでもない人に依頼をしたものだ。人探しくらいで、呼べる格の冒険者じゃないんじゃ……。

そう思った私の感覚は、はたして当たっていた。

「おいおい、ライ。また誤魔化すつもりか？　先に受けてた任務ほっぽって、探しに来たくせによ」

後ろから追ってきたリュカさんによって、ネタばらしがなされる。

「え」

これにもっとも驚いていたのは、ヴァレールだ。

私としては、まぁ想定内。そろそろ、ライラットさんの人柄は分かってきていた。いくら冷たく見えても、中身まで冷え切っているような人ではないのだ。

「……いらないことは言うな、リュカ・リュミエール」

「いいや、大切だね。兄弟の愛情を育《はぐく》むためには……」

「いいから帰るぞ」

よほど、恥ずかしかったのか、咳払いしたのち、ライラットさんはくるっとそっぽを向いて、先々歩き出す。

「あ、ライラットさん！　この洞窟の中に悪い人と、黄金鶏・ドレバードがいるんです」

せっかく来てくれたのに、帰られたら大変だ。

私がこう伝えると、彼はぴたりと足を止めて、私のすぐ近くまで寄ってくる。

「それは本当か」

そうして、真上からこちらを見下ろす。一切にこやかさがないから、なかなかの圧だが、私は首を縦に振った。

「うん。どういうことかは分からないけど本当だよ。悪い人は捕まえてほしい」

「……そうか。では、俺はここに残る。リュカ・リュミエール、そいつらを連れて帰ってから戻ってこい」

「おれ、小間使いじゃないんだけどなぁ。まぁ、この場合はいいけどね」

その後、私とヴァレールはリュカさんとともに、町まで安全に帰還《きかん》する。

「気にしてないわけじゃないんだよ、たぶん。ライラットさんはただちょっと、表現するのが下手なだけだよ」

途中、私はヴァレールにこう声をかける。それにリュカさんが「そうそう」と同じて、ヴァレールも笑みを見せていた。

これで少しは、兄弟のわだかまりが解けてくれたらいい。そんなふうに思った。

◇

洞窟の中に、黄金鶏・ドレバードが詰め込まれていた理由は、捕まった男たちへの取り調べですぐに判明した。

どうやら彼らは、肉の取引を不当に独占しようと、集団で囲い込みを行い、群れごとあの洞窟の中に閉じ込めていたそう。

極端に数を減らして小出しにすることで、希少性が高まり、単価が上がり、儲けになる。

それを折半《せっぱん》することが、あのごろつき集団の目的だったようだ。

ヴァレールを捕まえたのは、たまたまその捕獲現場を見られたから。ただ、ならず者でこそあれ、口封じに殺す真似まではしなかったみたいだ。

「このたびは、本当に助かりました」

と。

事件の顛末を話し終えるなり、頭を下げたのは、ピンリール伯爵その人だ。

子を助けられたお礼がしたいと、家同士での食事会を、費用を全額負担してくれたうえで、食事処・ルナールにてセッティングしてくれたのだ。

ただ、伯爵貴族はやはり多忙だ。なかなかタイミングが合わず、結局、席が設けられたのは旅立つ当日になっていた。

「新進気鋭《しんしんきえい》の商会を運営するハリド様も一流なら、飼い犬も一流ということですかな。本当に素晴らしい才能をお持ちですな」

「はは、私の犬ではなく、リリーの、娘の飼い犬ですよ」

洞窟内で悪党たちが倒れていた件は、彼らの証言により、ほとんどがシロの手柄ということになっていた。

それについて、まったくもって不満はない。なんなら私としては、むしろ好都合だ。

おかげで、魔法を理由にハリドとの親子関係を変に疑われることもないうえ、シロは評価をされるのだから嬉しい限りだ。

『やっぱり美味しいなぁ、この赤いの！』

今も好待遇を受けており、たくさんのりんごを後ろで食べさせてもらっている。

……まぁもっとも。

食卓を挟んで斜め前にいるこの男だけは、そう素直には信じてくれていないようだが。

その男は、ぴんと背を張り、高いところから私を見下ろす。

乾ききった視線が向けられていた。その目には、どことなく疑いが込められているような気がする。

が、しかし、この場ではなにか言うつもりはないらしい。

前菜として出されていたアスパラガスのバター炒めを、一本ずつフォークに突き刺して食べ始める。そして五本ごとに、白ワインを少し飲む。

どれだけアスパラが刺さらなくとも、掬《すく》うことはしない。

なんとなく彼らしい食べ方だ。そう思って、そのすぐ横を見れば、ヴァレールが真剣な顔で同じようなことをしている。

たぶん、兄の真似をしているのだろう。

どんなことでも真似をしたくなるのが、この年頃だ。それが憧れの兄ならなおさらだろう。

ふたりともそんなことをしているから、盛り上がる父親たちとは反対に無言状態が続く。

「えっと、すごい丁寧に食べられるんですね」

それを打ち破ったのは、アルバートだ。

彼がライラットさんにこう声をかければ、

「戦場ではゆっくりと食べることができないからな」

その返答は、こうだ。

なんとなくだけど、格好いい。

私は思わず感心しかけるが、それが一本一本食べることに結びつくのは、やっぱりずれている気がする。

こういう所作が一番気になるのは、アルバートのはずだけれど……

どういうわけか、いつもと違って、きらきらした目をしていた。意外なことに、アルバートもライラットさんのファンらしい。

「なるほど……。やっぱり、一流の冒険者様は違いますね。この間は、飛龍の群れを討伐して、村を救ったとか」

「……大したことじゃない」

その後も、アルバートが積極的に質問をして、それにライラットさんが端的に答える流れが続く。

口を挟むこともできず、少し退屈だった。

うっかりクリーム煮にされた大豆を一粒ずつフォークに刺して食べようとして、失敗する。

それでひとりむきになって、何度も一粒ずつ刺しては繰り返すなんてことをしていたそのとき、ノックとともに扉が開いて、それはワゴンに乗せられ入ってきた。

その瞬間から目を奪われ、私は思わず席を立っていた。

「はは。リリー、誰も取ったりしないよ？」

とアルバートに言われるが、右から左へ抜けていく。

運ばれてくるそれを、目で追いかけてしまう。

湯気に乗って漂ってくる豊かな香ばしい匂い、こんがり茶色の衣は、それだけで唾がじゅわりと湧いてくる。

「失礼します。こちら、黄金鶏のスパイス揚げ入ります」

そう、これが待ちに待って、待ちかねすぎた本日のメインディッシュだ。

あの悪党たちを捕らえたことにより、黄金鶏の流通が元どおりになり、滞在最終日にして、ようやっとありつくことができたのだ。

一枚肉がどーんと豪快に揚げられていた。そのビジュアルは、前世にあった山賊《さんぞく》焼きに似ている。

食べ方も近いものがあった。テーブルの上、食べやすいようにと、はさみが入れられていく。

中は、淡いピンク色をしていた。そして肉汁はといえば、黄金鶏というだけあって、少し黄色い。従業員の説明によれば、これくらいの加減が一番美味しいらしい。

「リリーが夢だって言ってたのって、これのことだよな」

「うん……！　やっとありつけるよ！　あぁ、もう幸せ‼」

ヴァレールに興奮して返事をしながらも、手は動かす。私は切り分けられた黄金鶏をさっそくひとつフォークに刺して、口に運ぶ。

まさに至福の一口だった。ざっくりした硬めの食感、一口噛むと染み出てくる脂、あとから効いてくるスパイスのじんわりとした深みある辛さ、どれをとってもベストだ。

求めていたとおりのものだった。

「ん〜」

と、ついついほっぺを抱えて唸ってしまう。

この瞬間のために転生してきたのかも、大げさに言えば、そう思うくらいだ。

「うん、美味しいね。これは、食べられてよかったよ」

アルバートにも、その美味しさは刺さったようだった。

ライラットさんはといえば、とくに感想は述べていなかったが、白ワインをあおるペースがやたら速くなっていたのが、美味しいと思っている証左《しょうさ》だろう。

「か、辛いな……」

まぁ、ヴァレールだけは顔を赤くして、苦戦しながら食べていたが。

子どもには少し、スパイスが効きすぎていたらしい。

私も同じ五歳だけど、そこはまったく異なる。なんなら、まだもう少し辛みがあってもいい。

そう感じたから、私はいつものスパイスセットを取り出して、胡椒を軽く振りかける。

「リリー、君は本当にそれが好きだな……」

それにはまたアルバートの目が厳しくなるが、

「俺にも少しくれるか」

ライラットさんが、よもやの援護《えんご》をしてくれる。

やっぱり、酒飲みはよく分かっている。

こういうときは、パンチが効いていればいるだけ美味しいのだ。

「もちろん！　ほかにも色々あるよ。はちみつも、合うかも！」

「……ほう。いいものを持っているな」

夢のような時間は、こうして過ぎていく。

あんなに大きかったのに、完食まではあっという間だった。気づけば、目の前の皿には衣のかけらしか残っていないし、満腹になっていた。

もう入らない。私はそう思っていたのだけれど、やっぱりデザートだけはその限りじゃない。

最後に出てきた、もはやおなじみオレンジ飴とりんご飴をぺろり平らげる。

まぁもっとも美味しそうに食べていたのは、ダントツでライラットさんだったが。

「やはり、うまいな。これは、お前が出ていっても売るのか」

「はい、その予定ですよ！　作ってくれてたのは、食事処の店員さんですから」

「そうか。それはいい情報を聞いた」

こうして賑やかなうちに、会はお開きとなる。そうしたらもう、旅立ちのときだ。

すでに荷物はまとめてあり、ハリドが馬車の手配も済ませてくれていた。

「ハリドさん、次はどこへ行かれるのですかな」

「あぁ、アンソワレに行く予定です。あそこは最近かなり栄えてますからね」

「それなら、二日程度ですな。お気をつけて」

私たちは最後、見送りに来てくれていたピンリール伯爵家の面々、食事処・ルナールの従業員さんたちを振り返り、別れの挨拶を済ませる。

が、いざ馬車に乗ろうとしたとき、ふとヴァレールの顔が眼に入り、私は足を止めた。

少し眉を落として、悲しげな顔をしていたのだ。どうやら、私と別れるのを悲しいと思ってくれているらしい。

「また戻ってくるよ？」

だからこう声をかければ、「聞いてねぇよ」と強がりな返事があるが……。

「……またな、リリー。お前に会えてよかったよ。兄貴のことも少しは分かったし、お前と話すのも楽しかったしな」

やや空けて、小さく呟かれたのは感謝の言葉だ。

恥ずかしいらしく、よそを見ながら、小さな声だったが、しっかりと聞こえた。

可愛いものだ。そう思って私はくすりと笑う。

「な、なんだよ、その笑いは」

「いいでしょ、別に！」

「よ、よくねぇ。もう、早く行けよ」

「言われなくても行くよ。じゃあね、ヴァレール。またね！」

「……おう」

ハリド、アルバート、シロは、すでに馬車に乗り込んでいた。私はそれに続こうと、階段の一段目に足をかける。

「アンソワレには、俺たちも行く予定だ」

そこで、ライラットさんからまさかの発言が飛び出た。

「もう少しは、ここに残るが、次の任務がそこである。また会うことがあるかもしれない」

「……えっと、そうですか」

「それだけだ、もう行け」

なんで、わざわざ教えてくれたのだろう。

疑問に思わないでもなかったが、ライラットさんのことだ。たぶんとくに、理由はないのだろう。突拍子もなく、言いたくなった。それだけでも、なんらおかしくない。

だから私は気にしないことにして、今度こそ馬車籠の中に入る。

そして、馬車からみんなに手を振りつつ、ピンリールを発つのであった。

◇

数時間後。

ライラットは冒険者ギルドの端にある打ち合わせスペースでひとり、考え事に耽《ふけ》っていた。

その思考の真ん中にいるのはもちろん、リリー・メルシエという少女。

もちろん恋煩《こいわずら》いなどではない。

ライラットが、その五歳の少女に感じていたのは、いわば底知れなさだ。

それを最初に感じたのは、あの井戸での一件だった。

ライラットにはどうしても、あの少女から特殊な力が発されて、それにより少年が助け出された――そんな気がしてならなかった。

確信があるわけではなかったが、昔からそういう目に見えないものを感じ取る能力が少しだけあるのだ。

最近同じようなものを感じたのは、護衛任務を与えられて、この国の聖女に謁見《えっけん》したときだったか。

が、聖女から感じたそれは、リリーが発していたものより、小さかった気がする。

「ただの女の子だろう。可愛いじゃないか、それに働き者だ」

と、楽天家のリュカはこう評していたが、どうしても只者とは思えない。

その思いは、それからのリリーを見ていても変わらない。

オレンジ飴を思いついたり、ライラットを広告に利用したりと、その才能は随所《ずいしょ》で光っていた。

明らかに普通の五歳の少女の域を超えている。

かと思えば、子どもっぽい振る舞いもするし、笑顔などを見ていたら、やっぱりただの五歳児である気もするが。

結局とくに結論が出ることもなく、ライラットはひとつ溜息をつく。

そこで、ぽんとひとつ左肩が叩かれた。

一流冒険者であり、数多の冒険者から恐れられているライラットにこんなことをしてくるのは、ひとりしかいない。

「なんだー、辛気臭《しんきくさ》いなぁ。もっと気楽にいこうぜ」

パーティを組んでいるリュカ・リュミエールだ。

決して仲がいいわけではない。ただ、学生の頃からの腐れ縁だ。

少なくともライラットはそう思っているが、リュカの態度はといえば、まるで大親友かのようだった。

それで仕方なく、ライラットは彼を振り見る。

「……お前はいつもへらへら笑って機嫌がいいな」

「嫌味はやめてくれよ。せっかく面白い話を持ってきたってのに」

「なんだ、それは。つまらないことだったら許さないぞ」

「いちいち怖いな、お前は」

リュカは苦笑いののち、ひとつ咳払いをする。

そのうえで耳元に顔を寄せて、彼は小さな声で切り出した。

「黄金鶏・ドレバードを攫《さら》った奴らが隠れてた洞窟、あるだろ？　あそこにあった水たまり、あれ、ありえないものらしい」

「……どういうことだ？」

「あのあたりは沢なんかもなかったし、大雨が降ったわけでもない。地下を掘っても、水が出るようなものはなかったんだと」

それはたしかにおかしいが……。

「ほかの冒険者がやったんじゃないのか」

「いや、それが、その水があったところに今、一斉に花が咲いたらしい。普通、こんなこと起こらないだろ？　なにか特別な水だったんじゃやって話になってる。聖女様が来たんじゃないかってな」

話を聞いて、ライラットの頭に浮かぶのは、本物の聖女の顔ではない。

さっきまで思い浮かべていた、リリーの顔だ。

彼女の能力がこの状況を作り出した可能性は大いにある。

なんなら、現聖女がやったと言われるより、リリーがやったと考えたほうがしっくりくるくらいだ。

現聖女はとにかく勉強嫌いで、頭もよろしくない。それは直接話したからこそ、分かっていた。

なんなら、リリーが本当の聖女であってもおかしくない。

誰かに言ったら馬鹿にされるだろうが、ライラットは本気でそう思っていた。

が、しかし、それを口にはしない。

まだ確信を持てているわけでもないし、ライラットがそれを発言することで、リリーの人生を歪めるのも違うと思うのだ。

もっとも本物の聖女だと判明すれば話が別かもしれないが……、少なくとも今はそうじゃない。

「……リュカ・リュミエール。それが面白い話か？」

「え。あぁ、そうだけど？」

「だとしたら、くだらない話だな。次の街での俺たちの任務を忘れたのか」

「覚えてるって。あくまで、そういう説もあるってだけの話だよ」

ライラットは席を立ち上がる。
それからリュカに先んじて、受付へと向かった。

三章

ガリガリ、ガリガリと。

整備された街道を行く馬車の中には、心地のいい咀嚼音がふたつ鳴り響いていた。

私とハリドが食べているのは、いわゆる鶏皮揚げ。

黄金鶏を作る際に、余ってしまった鶏皮をにんにくだれにつけて、カリカリになるまで揚げて作ってもらった。

これなら水分量が少ないから多少なら長持ちもする。実際、揚げてから丸二日が過ぎているが、その味は落ちていない。

シンプルながら、最高のおつまみだ！

が、しかし。それを冷ややかな目で見る青年がひとり、私の目の前にはいた。

「……父上もリリーも、さすがにそろそろ気にしたほうがいいかと思いますが」

私とハリドの向かいに座るアルバートは、鼻をつまみながら、こう苦言を呈《てい》する。鼻の効くシロに至っては、もうずっと窓の外に顔を出して、匂いを嗅《か》がないようにしていた。

……食べることに夢中になっていたから気づかなかったが、どうやら結構匂いがきつくなっていたらしい。

とはいえ、今更やめることもできない。というか、どうせ今からやめたって、結果は同じだ。

「お兄ちゃんも食べたら？　食べたら気にならなくなるよ」

「おう、リリーの言うとおりだ。結構、くせになるぞ。それに、もうすぐ着くからいいだろ」

そう、車中泊を含む二日以上にわたる移動も、もうすぐ終わりを迎える。

宿に着いたら、心行くまで湯あみでもして、綺麗さっぱり匂いを落とせばいい。

そんな算段もあって、あえて今、鶏皮揚げを食べ始めていたのだ。

私とて、一応は乙女だ。まったくなにも考えていないわけじゃない。我ながら、なかなかいい策だ。

……そう思っていたのだけれど。

そういう皮算用は、往々《おうおう》にしてうまくいかないらしい。

途中、いきなり馬車が止まったのだ。

『なにかあったみたいだよ』

変わらず外に顔を向けたまま、シロが言う。

それで、私が同じく窓から顔を覗かせてみれば、そこには馬車や荷車など、たくさんの車両が止まっている。

どういうことかと前を見れば、少し先では砂嵐が吹き荒れていた。

「これじゃあ、しばらくは通れないぞ」

「あぁ、アンソワレは新しい街だからなぁ。まだ、街道の整備が追いついてないんだ」

「困ったもんだ。こりゃ、今夜はだめかもな」

馬車の引手たちがこう会話を交わすのも、聞こえてくる。それで、じとりとシロがこちらに視線を送ってきた。

『リリー、どうするの』

「どうするって、待つしかないんじゃない？」

『そんなぁ。この匂い、ぼくには長く耐えられないよ』

シロは尻尾も耳を垂らして、あからさまに落胆する様子を見せる。

さすがの私でも、このまま夜を明かすのは嫌なのだ。シロがどれだけきついかは、推してはかれた。

こうなったら、どうにかできないか試してみるしかない。

私は目を瞑り魔力を練り出すと、手元からそれを空気中に放って、近くにいる精霊を呼び寄せる。

それで、ふわふわとこちらに漂ってきてくれたのは、たんぽぽの綿毛のような精霊が数匹だ。

「えっと、この子って？」

『んー、植物系の子だろうけど……うちの森にはいなかったね』

ということは、このあたり特有の植物なのだろうか。

どんな力を持っているのかは、その見た目だけでは判断できない。

そこで私は、なんの気なしに綿毛の精霊に軽く魔力を与える。

すると、それは自然と塊になって、ひょろひょろ揺れながらも高度を上げていった。

もしかして、それだけ……？

私は拍子抜けするとともに、どれくらい高くまでいくんだろ、と好奇心がうずいて、少し強めに魔力を与える。

すると、いきなりパンッと。

綿毛の塊ははじけ飛び、破裂音があたりに響き渡った。

きゃん！　とシロが甲高い声を発す。私も私で耳奥にきーんと高い音が響いて、目を瞑る。

それで耳を押さえたまま首を内側に引っ込めると、

「リリー、今度はなにをやったんだい？」

アルバートがゴゴゴ……と擬音でも聞こえてきそうな凄みのある笑顔を私に向けていた。

ハリドも腕組みをして、厳しい顔で、それに首を縦に振る。

「えっと、砂嵐をどうにかしようと思って……」

なにも、いたずらをしようと思ったわけじゃない。

それで私はこう弁明をしたのち、まだ前足で垂れた耳を塞いでいるシロの頭を「大丈夫？」と聞きながら撫でる。

すると、ややあってから『大丈夫だよ。びっくりしたけど』と返事があって、ほっとした。

『それより、どうにかなりそう？』

シロは続けて、私にこう聞く。

どうやら彼にとっては聴覚よりも、嗅覚のほうが重大問題らしい。

それで私は改めて砂嵐への対処を考えるが、なかなか難しい。

綿毛の精霊の特徴は、どうやら高く上がることと破裂することらしいが、それをもって砂嵐を鎮《しず》める方法が思いつかない。

ピンリールにいた水の精霊がいてくれれば色々やりようはあるんだけどなぁ、と私はないものねだりをしかけて、思いついた。

「ねぇ、お父さん！　お兄ちゃん！　水魔法使ってもらってもいい？」

水属性の魔法なら、ハリドもアルバートも使えるのだ。

「……そりゃあ使えるが。大した力は出ないぞ？」

「僕もだよ。練習して少しは使えるようにはなってきたけど……」

ふたりは不安げな顔をするが、それこそやってみなくては分からない。

「お願い！　どうしても試してみたいことがあるの」

だから私は必死になって、手を合わせてこう頼み込む。

それに対してふたりは顔を見合わせ、なにやら意思疎通をとったあと、何度か頷き合う。そ

して出てきた結論は、

「はは、可愛い娘に頼まれたら断れないな」

「そうですね。リリーには弱るよ、まったく」

つい笑顔になってしまうくらい、とても嬉しいものだった。

ハリドは豪快に笑い、私の頭を軽く撫でる。アルバートはしょうがなさそうに小さく息をつきながらも、腕をまくって準備を始めてくれていた。

「ありがとう、ふたりとも！　じゃあ、なるべく大きな水の玉を作ってもらってもいい？」

「そんな簡単なものでいいのか、リリー」

「うん、とにかく水をたくさん出してほしいの」

ふたりは私の要望に対し、少し怪訝《けげん》そうな表情を見せる。

私はそこで、理由の説明をしていなかったことに気づくが、ハリドもアルバートもすでに水の玉を手元に作り始めてくれていたから、なにも言わずにそれを見守る。

すると、どうだ。

アルバートの作る水球のほうが、ハリドの作ったものよりどんどんと大きくなっていく。

最終的にでき上がった球は、ハリドはサッカーボールサイズなのに比べて、アルバートは腕に抱えきるのがやっとの大きさだ。

『アルバートさん、すごい……！』

これにはシロも目を丸くして驚いていた。

「アル、お前、いつのまにそんなに……」

「父上は知らないかもしれませんが、僕は昔から魔法鍛錬はしてましたから。ただ、うまく魔力を練れるようになっただけです」

「……そうだったのか」

私はよく知っていることだ。魔法書を読んで、律儀《りちぎ》に練習していたのを、幼い頃に見ていたことがあった。

身体が弱くて使いこなせていなかっただけで、努力はしていたのだ。それが今になって、実を結んでいるということらしい。

「これをどうすればいいんだい？」

そこでアルバートにこう聞かれたので、

「窓の外から上に向かって投げて！」

私はジェスチャーも交えて説明をする。分かりやすいお願いだったはずだが、

「……うーん、それって目立ちすぎないかな」

「たしかに、あんまり変に思われるのは避けたいな」

ハリドもアルバートも躊躇してしまう。

……まぁたしかに、そのとおりだ。たくさんの馬車がいる中で、悪目立ちしてしまうのは、

あんまりよくない。

それで策を考え直そうとしていたら、『ぼくに任せて！』とシロが窓から外へと飛び出ていく。

なにをするのかと思えば、あさっての方角に向かって、ばうばうと吠え始めた。

どうやら視線を逸らそうとしてくれたらしい。

「なんだ、どこの犬だ、こいつ。なにか来るのか？」

「もしかして魔物じゃないだろうな」

実際、大衆の興味は、シロの吠える方向へと移っている。

この機を逃す手はなかった。

「ふたりとも今だよ！」

私がこう声をかければ、ハリドとアルバートは窓の外に身を乗り出して、水の玉を上に放り投げてくれる。

私はそれに合わせて、綿毛の精霊たちに力を与えた。

彼らには、ふたつの水球を支えるように、その下へと入ってもらう。そのうえで与える魔力を調整して、水球ごと、ふよふよと上空へと打ち上げていった。

そうして綿毛の精霊と水球は、かなり高いところまで上がる。そして、その影さえほとんど見えなくなったところで、私は一気に魔力の出力を高めた。

すると、さっき聞いた破裂音が、かなり高いところで鳴り渡る。

それを聞いて、私はまずひとつ安堵の息をついた。

「いったいなにがしたかったんだ？」

「もうちょっとしたら分かるよ、お父さん」

「そう言うなら待つが……」

「そうそう、もうすぐきっと砂嵐が収まるよ」

私はそう言いながら、食べ残していた鶏皮揚げを再びつまむ。

これにはハリドもアルバートもあっけにとられた顔をしていたが、少しののち、本当に砂嵐は落ち着きを見せていた。

どうやら、うまくいったみたいだ。

いわば、霧吹き作戦である。

埃っぽい部屋に霧吹きをするのと同じように、水球を綿毛の精霊の破裂に巻き込むことで、霧雨を作り出し、その水分で砂粒を地面へと落とす――そんな狙いがあった。

「みんなのおかげだね！　ありがと」

私は馬車へと戻ってきていたシロを含めて、ふたりと一匹の家族にお礼を言う。

『えへへ、なかなかいい機転だったでしょー』

シロだけはそれをこう素直に受け取ってくれたが……

「やっぱりリリーはすごすぎるかもしれないな……」

「父上、僕も同じことを考えていました」

ハリドとアルバートは驚いた顔で、こう呟くだけだった。


砂嵐が去ったあとは、とくに問題が起きることはなかった。

昼過ぎ、私たちは予定どおりにアンソワレへと入る。

そこでまず驚かされたのは、その発展ぶりだ。

この間までいたピンリールも、宿場町としてはなかなかのものだったけれど、その作りはまったくもって違う。

道は整然と碁盤《ごばん》の目みたく敷かれており、住居と常設店舗、屋台などの区分けも、綺麗になされていた。

馬車の通る車道と、歩道が分かれているあたり、これぞ都市という雰囲気だ。

はぐれないようにとアルバートが手を握ってくれるくらいには、人も多い。

トラブルなどを避けるためか、警備態勢もわりとしっかりしていた。少し過剰に感じるくらいには、各所に衛兵らしき部隊が配備されている。

「なんでも王都を参考にして作られたらしい。立派なもんだろ」

馬車を降り宿へと向かう道すがら、ハリドがそう説明してくれるのに、私は大きく首を縦に振る。

同時に、私の横を歩くシロも『うん！』と大きく返事をして、きょろきょろあたりを見回す。

「ふふ、シロも興奮してるよ。本当すごいね。賑やかでいいかも！」

「あぁ、そうだな。でも、もともとは、たくさん人が来るような場所じゃなかったんだ。避暑地のような場所で、集まるのは一部の裕福な人間だけだったんだが……」

「たしか集まった税金を投入して、街を一気に開発したのですよね」

「あぁ、さすがはアルだな。そうだ。まぁお金の集まるところには、さらにお金が集まるってことだな」

なるほど、そのあたりの事情は前世と似通っている。貴族が支配していても、経済の原則は同じらしい。

いや、むしろ前世よりも富の分配があまり行われない分、利益が一極集中したりして——なんて。

柄にもなく難しいことを考えていたら、屋台群が並ぶ通りにさしかかる。

さすがは、大きな街だ。八百屋から肉屋、お菓子屋、さらには土産屋など多種多様な店が揃っていた。

その目新しさに私がそれを振り見ていたら、

「せっかくだ。リリー、小遣いをやろう。この範囲なら、なに買ってもいいぞ」

思いがけない幸運が降ってきた。ハリドが銀貨を一枚、私にくれたのだ。

ちなみに、普段のお小遣いは月で銀貨一枚だから、かなりの額である。

「え、ほんと!?」

「あぁ、特別だ。それに、ピンリールでのオレンジ飴は、かなりいいアイデアだったからな。これは、特別ボーナスだ」

ハリドはそう言うと豪快に笑って、私の頭をくしゃりと撫でる。

あぁなんて甘美《かんび》な言葉なのだろう、ボーナス。それは異世界に来ても同じことらしい。

その金額は働いていたときに比べたら当然大きくはないが、子どもである今、自由に使えるお金をもらえるというのは、超貴重な機会だ。

こうなったら、最大限にいい使い方をしたい。

私は立ち並ぶ屋台を一つひとつ、吟味《ぎんみ》していくこととする。

塩だれに漬けられた魚のフライならひとつ、クロケットのようなフライものなら三つ、高級そうなハムなら二切れ――。

この銀貨一枚で得られる最高の幸せを考え、私は頭をフル回転させ、ゆっくりと歩を進める。

その様が、いつもと違いすぎたのだろう。

「父上。すごい集中力ですね……、リリー」

「あぁ。ここまで真面目な顔つきは初めて見たかもしれないな。文字や算数の勉強では、こんな顔じゃなかったのに」

『リリー、なんか怖いよ』

みんなにはこう驚かれるが、それで考えを途切れさせることはない。

私は目いっぱい考えながら、目に入る露店の商品を眺めていく。

そして、ふと足が止まったのは、小物屋の前だ。

「珍しいな、こういうものに興味を示すなんて」

「父上。リリーも女の子ですよ」

「ま、まさか、あのピンリール家の少年にアピールするために……!?」

と、ハリドとアルバートがかすりもしない話をしているのを後ろ耳で聞きながら、私が手に取ったのは、店頭に置いていた濃い青色をしたスカーフだ。

『それ、欲しいの？　でも、リリーにはちょっと大きいよね』

シロが話しかけてくるのに、私は店主に怪しまれないくらいの小さな声で返事をする。

「シロに似合うかなと思ったんだ」

『え、ぼくに……？』

「うん。シロの白い毛並みにいい感じで合うかなって。どうかな？」

『そんなの……』

シロはやや俯き加減になったのち、がばりと顔を上げた。

『欲しいに決まってるよ、すごく！　リリーからのプレゼントなんて、ぼくは幸せ者だ〜』

よほど嬉しかったみたいだ。シロは間抜けにも聞こえる声で言うと、浮かれた様子で、しっぽをぶんぶんと振る。

こうなったら、もう買わないわけにはいかない。

幸い、その値段は銅貨五枚と範囲内だったから、私はまずひとつ購入を決めた。

それですぐにシロに巻いてやると、シロは大喜びして、後ろではハリドがほっと胸を撫で下ろしていた。

残りは、銅貨五枚だ。まだまだお買い物は続けられると、今度は食品をターゲットに探し始めたそのときだ。

一瞬ふわりと。懐かしく、そして恋しい匂いがした気がした。

一気に思考を持っていかれて、ついつい足が止まってしまう。匂いのほうを辿って、見つけた小瓶に目が釘付けになる。

「リリー、今度はなにか見つけたかい？　って、魔物肉？　まぁ買える値段ではあるけど」

「ここにきてまた肉とは、さすがはリリーだなぁ」

『さっきまで、鶏皮食べてたのに』

ふたりと一匹に、口々に言われるけれど、違う。私が気になったのは肉ではない。

「これ、なんですか」

肉の横にひっそりと置かれている、値札のついていない茶色の液体だ。

私がそれを指しながら店主に聞けば、彼は軽く唸り声をあげる。

「それに目をつけるか。小さいのに、いい目してんな」

低くどすのきいた掠れ声で、店主が言う。

声から想像できるとおりの、強面《こわもて》な顔をしていた。ぎょろりとした三白眼《さんぱくがん》は、一瞬、どきりとするくらいの迫力だ。

「そりゃあ、魔物・黒大蛇の肝だ。塩漬けにしたら、そういう色になる」

その人からこんな話が出てくれば、ハリドもアルバートも、引きつった顔になる。

たぶん、早々に立ち去りたいと思っていることだろう。

だが、それでも私には確かめたいことがあった。

「少しだけ、少しでいいので舐めさせてもらえませんか」

「あぁいいぞ、待ってろ」

意外と、というか話の通じる人だった、彼は、ガラス瓶を開けると、その茶色の液体をほんの少し、スプーンの先に乗せて、こちらへと差し出してくれる。

それを受け取り、まず確認したのは匂いだ。

魔物の肝。そう聞くと、とんでもなく生臭そうだが、そんなことはない。むしろそれどころか――

「……これ、醤油だ」

匂いはほとんど同じといっていい。

芳醇《ほうじゅん》な香りが、鼻腔《びこう》に流れ込んでくるこの感じ、すごく懐かしい。こうなったら、味も期待が持てる。

「や、やめておいたほうがいいんじゃないかな、リリー」

と、アルバートが忠告をくれるが、ここで止まれるわけがない。私は思い切って、ぺろりと舐める。

すると、どうだ。やはり、見た目だけでなく味も似ていた。少し生臭さは感じるが、

「……美味しい」

そう思わず漏れてくるくらいには、醤油だ。ふくよかな旨味がしっかりと舌に伝わってくる。

私のその言葉を聞いてだろう。ハリドも同じものを店主から受け取り、少し口にする。

「うーむ、たしかに。滋味《じみ》深いというか。これが肝か……」

感覚の違いか、単に魔物の肝だからか。その反応は思ったより微妙だ。

ただ、私としてはどうしても欲しかった。これがあるならば、いわゆる和食などを再現することもできるようになる。

となると、問題は値段だ。

「あの、これっていくらですか」

私は単刀直入にそう聞く。

「あんまり大量に出回るもんじゃねぇんだ。まけてやって、こんなところかな」

と、その店主が指を見せて、示してきた数字は「三」。銅貨なら間に合う額だが……

「もちろん、銀貨だぞ」

希望を打ち砕かれる大金だった。残っているお小遣いと合わせても、到底足りない。

まぁこれは別に、価格が分からないと思われて、ぼったくられているわけではたぶんない。

魔物の肝というのは、本当にそれくらいの労力をかけなければ、きっと入手できないのだ。

それでもこの値段なのは、その味があまり知られていないからだ、きっと。もし知れ渡ったなら、もっと高い値段だったとしてもおかしくはない。

それがなんとなく分かっていたからこそ、私はただ肩を落とすことしかできなかった。

だが、買えないものはしょうがない。ここは引き下がろう。そう思っていたら——

「よし。三枚だな。これで頼む」

ハリドが代わりにお金を出してくれていた。私はびっくりして、大きく目を見開く。

「……お、お父さん！　そんな大金いいの？」

「あぁ。よく考えたら、リリーの働きは銀貨一枚どころじゃないからな。それをきちんと褒めたいんだよ、親として」

なんて、素敵な父親なのだろう。

血が繋がっていないとか、拾った子だとかは関係なく、愛してくれている。それが改めて分かった瞬間だった。

その愛情が、じわじわ身に沁《し》みて、胸の奥がぽかぽかとしてくる。

「いい親だな、あんた」

そんなうちにハリドが会計を済ませており、私はめでたく、お醤油もどきを手に入れることとなったのだった。

◇

ハリドのはからいもあり、手に入れることができたお醤油もどき。

その量は、約百ミリ程度とそう多くはなかった。煮物でもしようものなら、数回程度でなくなってしまう量だし、だからといって、ちまちま使って、そのポテンシャルを活かしきれないのもまた嫌だった。

なににでも使える万能調味料だからこそ悩ましい。結局その答えがまだ見つからないうち、アンソワレに入った翌日に、その話は唐突に降ってわいてきた。

「汁に麺が浸かった料理……ですか？」

ハリドが困惑したように眉を落としながら言うのに、

「あぁ、そうだ。それをどうしても作ってほしい」

商業ギルドのギルド長であるという老爺《ろうや》がこう答える。

彼は、ただのギルド長ではない。このアンソワレで昔から活動をしている、大商会のトップも務めている人物でもあるらしい。

ハリドいわく、この街ではかなりの権限を握っているらしく、彼に取り入らないことには、この街での活動はうまくいかない。それくらいには、権力を握っているそうだ。

たぶんハリドが私を商談に入れたのは、少しでもその気を緩ませたり、場を和ませたりしようとしたのだろう。

が、そこへ求められたのは、こんな謎の条件だった。

汁に麺が浸かった料理。アバウトな縛りすぎて、それだけなら、いくらでもあるから、

「スープパスタのこと……ではないのですよね？」

ハリドが追加で質問を加える。

「あぁ、それは違う。我々がよく知るような料理ではないんだ。汁自体は白色をしているものが多い料理だ。具材は、オーロラ魔豚の肉で、それも茶色をしている。たしか、そこに添え菜がされているとかだったかな」

「……そのもの自体を、お知りにならないのですか」

「あぁ、私ももの自体を見たことがあるわけじゃないんだが」

と、その人はこう有耶無耶《うやむや》な答えをする。

つまり要約すれば、聞きかじっただけの未知の料理を、食べてみたい――と、そんなところだろうか。

ならば適当な料理を出せば誤魔化せそうな気もするが……

「下手な偽物を持ってきたら、お前たちがこの街で取引することを許さないから、心得ておくように頼むよ。いくら金を積まれてもだ」

さすがに大商会を率いているだけのことはある。厳しい視線とともに重たい牽制《けんせい》が入れられる。

「期限は一週間だ」

そして、それだけ残すと、次の予定があるからと席を立ってしまった。

重たい扉が閉まってから、ハリドは自分の太ももを軽く叩くと、天井を見上げて、大きく息を吐き出す。

「……遠回しに断られましたね、父上」

「……そのようだな」

「たぶん、ほかにもこの地で取引を望む商会はあまたあるのでしょうね。この街は今、伸びに伸びていますから。うちのような中規模商会に権利を与えるのは惜しい――そんなふうに思ったのかもしれません」

「この街に販路を拡大できれば、うちの便利グッズは必ず売れると思うんだが。やはり、一筋縄にはいかんな。いっそ、勝手に露店にでも卸すか？」

「父上、それは……」

「あぁ分かってる。そこまでリスクをとることじゃないよな。従業員たちの生活もかかってるんだ。しかし、悔しいな……」

ハリドは再び。大きく溜息をつく。

完全に打ちのめされている様子だった。その態度には、すでに諦めが漂っている。

たしかに、一気に窮地に立たされた格好だ。

達成条件が明白でない指令は、ゴールの場所が分からないのに、マラソンを走らされるのに似ている。

どこをめがけて走ればいいか分からないのでは、動きようもない。

白い汁に麺が浸かった料理で、豚と添え菜が乗ったもの。そんなもの、やろうと思えばいくらでも――と、そこまで考えたときだ。

私の頭には昨日に続いて再び、懐かしいものが浮かんできた。

そうだ、私はその料理を知っている。なんなら忙しいときには、主食にしていたことさえあるではないか。

そう、ラーメンだ（私が食べていたのはカップ麺だけど）。

というか、もう間違いない。白いスープというのは、たぶん豚骨スープだし、茶色のオーロラ魔豚とはチャーシューのことで、添え菜というとおしゃれに聞こえるが、要するにネギだ。

もしかすると、この世界にもどこかにはラーメンが存在する場所があって、ギルド長はそれを聞きかじったのかもしれない。

それこそ、醤油に似た味の調味料があるのだから、ラーメンがあってもおかしくはないのだ。

私は遠い世界のどこかにあるかもしれないその味に、少し思いを馳せて、恋しさを覚える。

あの定期的に食べたくなるジャンキーさは、数年ぶりに思い起こしても健在のようだ。

「お父さん、私分かるかも」

私はおもむろにこう口を開く。その言葉に、ハリドとアルバートが、同時に私のほうを振り向いた。

「……リリー、分かるってその料理を見たことがあるのか？」

「メイドが作っていた記憶はありませんけど」

そこに浮かぶのは、困惑の表情で、私ははっとする。

もしかすると、失言だったかもしれない。ラーメンの味を思い出して、懐かしさに浸っていた私は、ここでやっとそう気づいた。

いかに信頼する家族のふたりとはいえ、さすがにまだ私が転生してきたという事実は伝えていない。

こちらに来てからの私は、アルバートとともにほとんどの時間をデビの村で過ごしてきたのだから、たとえこの世界にラーメンが存在するのだとしても、知っているのはおかしなことだ。

私は返事に窮して、ごくりと唾を飲む。

なにも言い訳が出てこないまま、しばし。にわかに心音が高鳴ってくるが、

「えっと、精霊！　精霊さんに聞いて、絵も見せてもらったことがあるの！」

ぎりぎりどうにかなりそうな嘘をここでひねり出すことができた。

彼らは精霊と話をすることができないのだから、真偽《しんぎ》を確かめることはできない。

「……なるほど。精霊の中にも、そんな知識がある者もいるのだな」

「まぁ考えてみたら、リリーはほかのことでも詳しいですからね」

一応は、納得させることができた。

ただまぁ私としても、ふたり相手にこうして誤魔化している現状は、少しもやっとする。

本当なら、言ってしまいたいくらいだった。が、さすがにこの場で、そこまでの踏ん切りはつかなかった。

もしかしたら、すんなりと受け入れてもらえるかもしれないが、その逆で戸惑わせてしまうことかもしれない。

というか、普通に考えればそうなる。大切に育ててきた娘、妹がいきなりそんなことを言い出したら、受け入れられないのが普通だ。

だから、ここは口を噤《つぐ》んでおくことにする。

でも、いつかは。いつか、しかるべきタイミングで、私のほうから話を切り出したい。

そんなふうに考えていると、ハリドが膝頭をひとつ叩いてから立ち上がる。

「よし、じゃあそのリリーが絵で見たものを参考に、とりあえずは作ってみようか。ここで、このまま引くのも俺の柄じゃない」

話だけではなく気持ちを切り替えるような明るい声音だった。ハリドはそう言うと、部屋を出る。

それに私はひっそり安堵の息をつきつつ、そのあとをついていくのであった。

◇

そうして急遽始まった、異世界での豚骨ラーメン作り。

その最難関とも言える醤油に似た味の調味料をすでに入手していたのは、実に大きかった。

チャーシューに使うオーロラ魔豚は、多少なり値が張るとはいえ、手に入れられないような食材ではないし、それはネギも同じだ。

西洋ネギ＝リーキに似たものがこちらでは一般的らしく、前世でよく食べていた長ネギとは形こそ少し異なるが、その味や特徴はよく似ている。

麺を作るための小麦は、こちらでも主食のパンに使われているから問題はない。

そうなると、残る材料で必要不可欠なものは――

「うー、向こうの世界だったらお湯を注ぐだけでできたのに。ここにも、スープ粉があればいいのになぁ」

いわゆる、豚骨スープの素。

限界独身ひとり暮らし生活をしていた私には、実になじみ深い神アイテムである。

が、この世界には当然そんな便利なものがあるわけもない。

そうなると、実際にガラから出汁をとるしかないわけだけど、それがまた困難を極めた。

味どうこう以前に、前世ならスーパーで置いているのを見かけたこともあるガラは、この世界ではろくに販売されていないのだ。そして骨付き豚肉も、全然ない。

『リリー、毎日大変だね？』

「シロこそ付き合わせてごめんね」

『ぼくは、お散歩にたくさん出られて楽しいから気にしないで』

これでもう、捜索開始から三日目に差し掛かっていた。広い街の大概を歩きつくしたが、どうにも見つからない。

私はとぼとぼと、来て最初に歩いた屋台群の前を歩く。

「おぉ、この間の。どうだい、あの肝は。使ってるか？」

そこで、この間、醤油もどきを買った魔物肉屋の店主に声をかけられることとなった。

ここならもしくは。そんな希望から、その店に置いている肉をひと通り見るが、やはり骨付きのものはなかった。

私はつい肩を落としてしまう。

「なんだ。勝手に残念がりやがって。なにかまた変わったものでも探してるのか？」

「うん。豚の骨。ここに置いてあるオーロラ魔豚の骨って、仕入れたことある？」

「あぁ、骨か……。やっぱり変わった嬢ちゃんだな。それ自体は、ないなぁ。仕入れる段階で、もう取り除かれてることがほとんどだ。そういうのは、この街の外でやるからな」

この店ですらないとは、これいかに。

ただ、ぐだぐだと言っていても、状況は変わらない。

私が諦めて立ち去ろうとしたそのときだ。そういえば、とその店主が思い出したように言う。

「今度、この街で、オーロラ魔豚の試食会があるらしいぞ。色々な部位を食べさせてもらえるらしいから、そこならもしかしたらチャンスあるかもしれねぇ」

「……試食会？」

「あぁ。なんでも、飼料に柑橘《かんきつ》類を与えた変わり種で、売り出したいから反応を見るんだと。内容はよく覚えてないけど、参加形式のイベントも開かれて、報酬もあるとか言ってたな。入賞すれば、塊肉をもらえるらしいぞ」

「そ、それ、いつ開催ですか⁉」

「あぁ。たしか、三日後だ」

それなら、期限にも、ぎりぎり間に合う。

もう、それしかない。確実ではないけど、それがどんなイベントであれ、なんとしても、豚の骨を手に入れる。

豚骨ラーメンを食べるため……だけじゃなくて、アンソワレにおけるルナール商会の営業を認めてもらうため。私の中で、明確な目標が定まった。

まずは下調べだ。


——そうして、迎えた三日後。

私はアルバートとともに、その試食会の会場である、街外れの公園を訪れていた。

そこにはすでに、多くの人が集まり、街中同様に衛兵による警備が厳重に敷かれている。

そんな中、訪れた人が分かれて列を作るのは、それぞれの部位を試食できるコーナーだ。

現状、もっとも人が並んでいるのは、タンのコーナーだった。次に、バラ、モモのコーナーと順当に続いていく。

世界が変わっても、人気の部位はあまり変わらないらしい。

「いやはや、脂身が多いのにさっぱりしててうまいなぁ」

なんて、タンの列に並ぶ私たちの横を、試食用の豚バラ串を持った男が通り過ぎていく。

あまりにも、美味しそうなてかり具合だった。あの脂を見たら、どうしても食べたくなってくる。

あとで、バラの試食列にも並ぼう。私がひっそりそう決めていたら、隣からは呻《うめ》き声のようなものが聞こえてくる。

見れば、アルバートの顔色が少し悪く、口元を押さえている。その顔は、紫がかって見えた。

彼は数年前に体調が悪かったとき同様、手元に小さく水を渦巻かせると、それをごくりと飲み込む。

「お兄ちゃん、どうしたの」

「少し人酔いしただけだよ。心配しないで。ただ、ここまで人が多い環境に慣れてないだけだから。リリーは……平気そうだね？」

まぁそりゃあ。毎朝毎晩、すし詰め電車に乗って、通勤をしていたのだ。

これくらいで、耐えられなくなることはない。

「えっと、そうみたい。私だけでも並んでおくから、無理しないでね？　今が本番じゃないし」

「はは、心配ないよ。ここでリリーをひとりにするわけにもいかないしね」

強がりを言っていることは明らかだった。私は、前かがみになるアルバートの背中に手をやりながら、順番が来るのを待つ。

そうして、時間にして約三十分。やっともらえたと思ったら、ひとりにつきひと切れだ。

焼肉食べ放題で頼む一人前のお肉より少ない。

まぁ、無料だから文句が言えるような話でもないのだけれど、やるせない気持ちになる。

「……ごめん、お兄ちゃん。これだけのために並ばせて」

とくに、体調をおしてまで付き合ってくれたアルバートには、申し訳が立たなくて、私はこう詫びを入れる。

「はは、いいんだよ。そうだ。よかったら、お兄ちゃんの分もあげるよ。今は、気持ち悪くて食べられそうにないからね」

「え、でも、それじゃあなんのために……」

「リリーの美味しそうな顔を見るため、かな。ほら、とにかく遠慮はしなくていいよ。お食べ」

……分かっていたことだが、この兄ときたら優しすぎる。

その対応は、あまりにも完璧だ。今はまだ外の世界に慣れていないだけで、いつか慣れが来たら、とんでもない人たらしになるんじゃなかろうか。

私はそんなふうに思いつつ、ありがたくいただくことにする。その量が少ないから、とりあえず控えめに噛むと、こりっという食感とともに、上品な脂がじわりと口の中に広がってきた。

「んー、美味しい‼」

しかも、飼料に柑橘類が使われているからなのか、これが全然しつこくない。後味などは、レモンでも絞られているのかというくらいさっぱりとしている。

それがまた残り少ないというのに、あとを引いた。

あっという間に食べ終えてしまう。量は少なかったけれど、大満足！

そんな気分でいたら、アルバートがそれをにこにこの笑顔で見つめてきている。その顔色は、心なしか少しよくなっている気がした。

「お兄ちゃん、もう大丈夫になったの？」

「リリーのおかげだよ。君が楽しそうな顔を見てたら、少しね」

アルバートは、どこまでもリリー好きらしい。

私はそこまで考えて、はっと悪魔の気づきを得る。

「なら、これからもう一回並んでタンを食べるっていうのは――」

そこで、こんな提案をしようとしたのだけれど、アルバートが石化したみたいに動かなくなってしまったから、そこでやめておいた。

忘れそうにはなっていたが、ここへ来たそもそもの目的は別にあるのだ。

私たちは一度、試食会場を離れて準備を整える。

そうして再度出向けば、

「ワイルドオイル草の採取大会に参加される方はこちらへお集まりください！」

ちょうど本日のメインイベントの招集がかけられたところだった。

その参加者は、試食会に集まった客の三分の一程度だった。が、その中身はまったくもって異なる。

無料試食に並んでいた人たちは、年代層もばらばらだったが、このイベントに参加を希望している人たちは、ほとんどが二十代から三十代。それも、屈強《くっきょう》そうな男が多く、中には名の通るような冒険者もいるらしい。

どうやら体力を要するようで、子どもにいたっては、私だけのようだった。そのせいで大人に囲まれて、周りが見えない。

「リリー、本当に参加するのかい？」

と、アルバートが手元を口に当てて、前かがみの姿勢で私に小声で問う。

彼は、ジャケットを羽織ったぱりっとした姿とは違い、今日は冒険者然とした衣装に身を包んでいた。

ゆったりと幅広のズボンに、上も少し余裕のあるシャツ。そこに、腕には防具をつけて、腰には各種道具を入れる腰巻と、剣を帯びている。

細身であるのと、イメージが先行しているせいか、少し衣装に着られているような雰囲気もあるが……

それを含めても、結構いい感じだ。守ってあげたくなるような健気《けなげ》さがあると言おうか。

私はそんなことを考えながら、こくりと首を縦に振る。

「大丈夫だと思うよ。今回やるのは、植物の採取で、たくさん採れた人が優勝なんだし、魔物も出ない。別に戦わないもん」

「でも、どう猛な動物が出る可能性はあるっていう話だし」

「それくらいなら大丈夫だよ！」

精霊魔法を使ったら、弱い魔物はきっと寄りついても来ない。だから私は上を見上げながら、自信満々に言い切る。

「お兄ちゃんもついてるしね。今日のお兄ちゃん、強そうだし、なにが来てもやっつけられるよ」

小さく拳を突き出しながら、こうも付け加えた。

これがどんな効果をもたらすか、私はなんとなく分かっていた。

アルバートは、自分の提げている剣に触れると、ほんのりと笑みを見せる。

その笑みは、いつもの爽やかなものとは少し様子が異なっていた。

しきりに前髪を手でときながら、片唇だけをぴくぴくとさせている。堪えようとしているのだけど、それができないでいるらしい。

「……僕が強そう、か。そう見えるかい？」

まさに狙いどおりだった。

アルバートは意外ではあったけれど、ライラットさんのファンだ。冒険者に対する憧れのようなものを少なからず持っている。

そこへこう頼ったら、いくら慎重な彼でも、その首は縦に振られる。

「よし、やろうか、リリー。やるからには、一番になろう」

「うん……！　目指せ、一等賞だね！」

無事アルバートもやる気になってくれて、私たちはエントリーを済ませる。

それから少し、私たち参加者が移動したのは、公園のすぐそばにある森林だ。

ここは街を開発する際に、領主の指示であえてそのままの自然を残した場所らしく、その森林の中にこのあたりが原産のワイルドオイルなる三角形の葉をした野草がごくまれに生えているらしい。

「ワイルドオイルは土中の瘴気を吸い、それをもとに育つ珍しい種です。この森林には、もう魔物はいませんが、土壌に瘴気が残っており――」

色々と説明がなされるが、それらは子どもの頭には入ってこずに抜けていく。

まぁ要するに言いたいのは、見つけにくいということだ。

完全なる野生種で栽培することはできないうえ、それが生えてくる場所もほぼランダム。そんな特徴があるから、巷では幻の野草とも言われているそうだ。そのため、葉から採取できる油は栄養価が高く、高値で取引されることもあるとか。

なるほど、豪華な賞品が出るのも頷ける珍しさだ。

「なかなか見つかりませんので、根気強くお願いします！　制限時間内には開始地点まで戻ってきてくださいね。では、始めます！」

参加者全員の用意が整ったのち、開始の号令がかかる。

それを聞いた途端、大勢の参加者が森の中へと猛ダッシュで駆け出した。

みんな、とても気合が入っている。たぶん賞品が豚約半頭分の肉と、かなり豪華だからだろう。

が、アルバートはスタート地点に立ち止まっていた。

「行かないの？」

と聞けば、

「制限時間は、三時間もあるんだ。焦ったからって、見つかるようなものじゃないよ。さっき小耳に挟んだんだけど、過去にもこの大会をやったみたいで、優勝した人でもひとつ見つけるのがいっぱいいっぱいだったみたいだよ」

彼はこう冷静に答える。

「たしかに、それなら焦る意味もないね」

「うん。それに、たくさんの人が左に行ったんだ。僕たちはとりあえず右から行こうか」

頭が切れるものだ。さすが、商人の血を引いているだけのことはある。

その作戦に従い、私たちはしばらくじっくりと地面に目をやりながら、ゆっくり歩く。

しかし、残念ながら、私もアルバートも簡単には見つけられるほどの豪運《ごううん》は持ち合わせていないらしかった。

はっと気づいたときにはアルバートの持っていた懐中時計《かいちゅう》の針は一周している。

「このままじゃあ、まずいね」

病気が癒えたとはいえ、体力が決してあるほうじゃないアルバートは、もう結構息が上がっていた。

「少し休憩しようか、お兄ちゃん」

「そこまで気を遣ってくれなくて大丈夫だよ、リリー」

「でも、まだなにも分からないし……。本当に少し休んだほうがいいよ」

私はそう言って、木陰《こかげ》を指さす。

が、それでもアルバートは捜索を続行しようとする。

「いいや。まだやるよ。やるからには一番を目指そうって話をしたからね」

どうやら開始時に焚きつけたことが、その理由らしい。こうなったら意外と頑固なのがアルバートだ。たぶん、引いてくれることはないだろう。

といっても、気力と体力は別ものだ。アルバートの体力が切れないうちに、方をつけるしかない。

私は誰かに見られることを考慮して使っていなかった精霊魔法をそこで発動する。

どんな精霊がいるのか、とりあえず把握したかったのだけれど……、あてが外れた。

反応したのは一匹だけであるうえに、その精霊は私が少し離れると、後ろをついてはくるのだけど、どういうわけか出てきてくれないのだ。

その状況がじれったくなって、私は一気に走り出す。

「あ！　リリー、どこに行くんだい⁉」

「大丈夫！　心配しないで！」

アルバートにこう答えて、私はまず少し緩めのスピードで五十メートルほど林の中を走る。

それで精霊がついてくることを確認してから、私はさらにスピードを上げた。

すると、焦ったように精霊側もスピードを上げるのが察知できたから、私はそこで急に足を止めて、踵を返した。

『え』

そこで、精霊とついに対面する。

その姿はといえば、小さなお皿だ。

林の中だというのに、どういうわけか真っ白で丸いお皿。サイズ的には醤油入れや、漬物皿くらいだった。それに目と口、手足がついている。

その小皿の精霊は、私と目が合うや、すぐにどこか引っ込む場所を探そうとするが、

「どうして隠れてたの？」

腰に手を当てて仁王立《におうだ》ちでこう声をかけると、その動きをぴたりと止めた。

が、しかし、言葉を発したりはしない。

もしかして、さっき『え』と聞こえたのは気のせいだった？　そう思いかけるくらい間が空いてから、

『……役に立てないからだ』

との回答が、渋みのある声でなされた。

『お前たち、なにか草木を探しているのだろう？　だが、私はここのことをよく知らない』

「精霊ならここに住んでたんじゃ？」

『もともと私はここにいたのではない。ここにあった森の別の場所にいたのだが、森が小さくなり、住処《すみか》を移らざるをえなくなった』

「そんなことが……」

そういえばこの街は、開発の結果、今のような都市になったとハリドから聞いていたっけ。

その際に、彼はここに来たらしい。だから、この森林のことはあまり知らないと言う。

街ができて、もう数年が経っているはずだが、この精霊に流れる時間はきっと、人のそれとは大きく異なるのだろう。

「そっか……じゃあしょうがないね」

『……あぁ、すまない』

「ううん、むしろお話ししてくれてありがとうね」

これ以上、しつこくしても時間を奪ってしまうだけだ。

もう正攻法で探すほかない。

私は残念に思いながらも、小皿の精霊に小さく手を振ってから、後ろを小走りでついてきていたアルバートのもとへと戻っていく。

「リリー、どうしたんだい？　急に走ったりして。びっくりしたよ」

「ちょっとね。たまには走っとかないと、と思ってね。体力落ちたら困るでしょ」

「……なんだか、ご老人みたいな言い分だね、リリー」

そして、こんな簡単な会話を交わす。

精霊のことを伏せたのは、周りで誰かに聞かれていたら困るからだ。

そして実際、それを聞いている者がいた。

軽い笑い声がしたのは、私の背後からだ。

はっと後ろを振り向けば、そこにいたのは、さっきの小皿の精霊だ。それで私は周りを確認してから小さな声で話しかけた。

「えっと、なにしてるの？　もうついてこなくても大丈夫だよ？」

『……それは、だな。一緒に探すくらいであれば手伝えるかと思ったりしてだな……』

小皿の精霊は、私のほうに裏側を見せながら、もごもごと答える。

その長いセリフを要約するとつまり、どうやら力になりたいという気持ちは持ってくれているらしい。

「ふふ、じゃあお願い！　ただ探すだけでもいいからね」

別に場所が分からずとも、単純に探す目が増えるのはありがたいので、私はこう頼み込む。

「ね、あなたはどんな力があるの？」

それから雑談程度にこう尋ねた。

『うむ。もともと森には魔物が出たゆえ、私は魔除けとして置かれたのだ。魔力を込めてもらえれば、あたりの空気を清めることができる』

「すごい能力だね、それ」

『探しものには役立たないがな』

小皿の精霊はそう残すと、少し離れて捜索を開始してくれる。

人だと踏み入れるのを躊躇してしまうような草が深く生い茂った場所も、すいすいと入っていくから、実に助かった。

「精霊かい？」

と、アルバートに聞かれて、私は小皿の精霊の特徴を伝える。

すると、アルバートがふと少しだけ考え込むように、あごに手を当てた。

「たしかワイルドオイルは、土中の瘴気をかなり吸って育つって話だったよね？」

「うん、そう聞いたね、たしか」

正直、説明が長くてあんまり覚えていないが、言われてみればそんな気もする。

「じゃあ、その精霊の能力を使えば、見つかるかもしれないね。広く浄化魔法を使ってもらって、とくに濃い反応があった地点の近くを探せばいいんだ」

「お、お兄ちゃん、それだ！」

さすが、アルバートだ。ちゃんと話を聞いているうえ、頭も回るから、こういう作戦を立てるときには、本当に助かる。

これで確実にうまくいくわけじゃない。でも、試さない手はなかった。

私はすぐに、小皿の精霊を草陰まで呼んで、アルバートの作戦を伝える。

『そういうことなら、やってみてもいいかもしれないな。たしかに、ここの土はまだ瘴気を残しているから』

彼に徐々に魔力を伝えていく。

『……ここまでの魔力量、何者だ、お前』

小さい皿だ。すぐに満杯になるのかと思えば、結構注いでも増える量はほんの少しで、どんどんと魔力を持っていかれる。

それでも、気合で堪えて、どうにか器を魔力で満たすことに成功した。

それが一滴溢れた瞬間、水面に石を投げ入れたときみたいに、魔力が森林の中を波紋のように広がっていく。

それから、小皿の精霊に「どうだった？」と聞けば……彼はその身体をくるくると回転させた。

『うむ。大方あたりはついた。こっちに来てくれるか』

小皿の精霊はよほど興奮しているらしく、先々と移動を始める。私は目星がついたことをアルバートに伝えると、ふたりでその後ろをついていく。

そうしてまず誘われたのは、かなり鬱蒼と茂る草木の奥だ。雑草まみれといった雰囲気である。何年も放置された家の庭より酷い。

「うーん、ここにあるようには見えないな」

「とりあえず探してみようよ」

私とアルバートは半信半疑ながら、雑草を抜いていく。

そうして中が見えるようになると、どうだ。ぼうぼうと生える雑草の中にあって、凛とした雰囲気さえ感じさせる三角の葉っぱが三枚、そこには見つかった。

私たちはそれを、よくよく観察してみる。それでふたり、目を見合わせて、笑顔で頷き合った。

「間違いない、これだよ。リリー」

「うん、これだね！　やった！」

私はうっかり大きな声でそう叫んでしまう。アルバートが口を手で押さえに来てくれて、私はふたつほど首を縦に振る。

もし見つけたと知られたら、もしかしたら、奪われたりするようなこともあるかもしれないのだ。

幸い、周りに人はいないようだった。私とアルバートはそれを確認してから、まずはひとつ目のワイルドオイルの獲得に成功する。

「ありがとね、小皿の精霊さん！　おかげで見つかったよ」

それを控えめに見せながら、小皿の精霊にこう礼を言えば、彼はすぐにまた移動を始める。

『構わない。次はこっちだ』

今度導かれたのも、さっき採取を行った場所と同じような、鬱蒼と茂る雑草の中だった。そしてそこにも、また三角の葉が現れる。

これには、私が素直に喜ぶ横で、

「精霊の力はすごいね。これなら勝てるかもしれないね」

アルバートは少し驚いた様子で、こう漏らしていた。

そこからも、小皿の精霊によるアシストは続き、私とアルバートは制限時間まで採取を続ける。

そして、結果はといえば……

「な、えっ、十株も見つけたんですか⁉　もう優勝です、大優勝‼　子どもを連れて、これは本当にすごい！」

ほかを圧倒しての、文句なしの一位だった。

二位の人は、たまたま一株見つけた人だったのだから、もう大差である。

それなりに大きなイベントだ。私とアルバートは、みんなの前に出て行って、表彰されることとなる。

「優勝者さん、一言もらってもいいですか」

「そ、その、運よくたくさん見つけられました。あ、ありがとうございます」

幼い頃から屋敷に引っ込んでいたアルバートとしては、たぶん初めての経験だったのだろう。

彼は足幅を狭くして、なんとなく自信がなさそうな素振りで、控えめな受け答えをする。

「えっと、ありがとうございました」

私は私で、前世ではあまりこういう経験をしてこなかったから、ここへきて緊張してしまい、内容のない答えになってしまった。

ヒーローインタビューとか、こういうのには憧れていたのだけれど、いざ自分にそのお鉢《はち》が回ってくると難しいものだ。

私とアルバートは、そのまま商品の授与をされることとなる。

そこ出てきたのは、色々な部位の豚肉だ。が、しかし、骨があるものは含まれていない。

それで思わず、

「あの、骨ってあったりしますか」

司会の人にこう聞いてしまった。あとにすればいいものを、その場で。こんなときだけは勇気もなしに切り出せるのだから、自分でも不思議だった。

アルバートがゆっくりと溜息をつく中、布にくるんだ肉を渡してくれた人が、眉を下げる。

「そりゃあ、裏にはあるけど……」

「え！　じゃあください、それ！　どうしても欲しいんです」

「うーん、そりゃあどうせ捨てるだけだから構わないけど、使えるような部分じゃないと思うが……」

「それでも、いいんです！　引き取らせてください！」

その人は、明らかに困惑した様子をしていた。たぶん、骨を欲しがる人間なんて、これまでいなかったのだろう。

だが、このままではせっかくの表彰がうまくいかなくなると思ったのか、慌てて裏へと下がり、骨を持ってきてくれた。

捨てるためだろう、それはずた袋に入れられていた。

口が縛ってあったから、中身を確認するために開けてみたら、どうだ。

なかなか強烈な匂いが一気に襲い掛かってきて、アルバートの顔色が紫色になっていく。

が、私としては想定内だ。昔、実家の近くにあったラーメン屋も、裏手の路地はこんな匂いがしていた。

「ありがとうございました！」

私はそれを掲げて、集まってくれていた人たちに再度礼を言う。

それに対して会場からは、まばらな拍手が起きた。

それは、どちらかといえば全面的な祝福ムードというより、「やばい奴が来たぞ」みたいな、ざわざわ感。

そんな異様な雰囲気の中、会は散会となったのであった。

◇

やっとの思いで豚骨を手に入れた日は、もうすでにラーメンの提供を行う前日だった。

そのため私は豚を持ち帰るなり、ハリドとともに川べりまで出てきて、さっそく調理へと入る。

もう日の暮れる時刻なのに、なぜこんなところに来たかといえば……匂いだ。

はじめは泊まっている宿の厨房を借りる予定だったが、あまりの臭さにNGが出た。

そこで、鍋と火種だけをもらって、街外れにある川辺までやってきたのだ。

ちなみに、アルバートとシロはふたり、宿でお留守番をしている。理由はまぁ、あえて言うまでもない。

「リリー、これで本当にあってるのか？」

「うん、そうだよ。このままぐつぐつ煮込んで、とろみがつけばいいの……って、精霊さんが言ってたもん！」

「……そうか。うーむ。今のところ、食べられるような見た目じゃないなぁ」

私はハリドとふたり、椅子に座りながら、鍋の表面で汁がぐつぐつ煮え、泡が膨れるのを眺める。

ちなみにスープの横では、チャーシューも煮込みを始めていたから、たまにそちらにも目をやる。

豚骨特有の獣臭さにも、とっくに鼻が慣れていた。

だから気分は、ミニキャンプファイアだ。

野外で調理をする感じも、この暗い中で揺れる火を静かに眺める感じも、実によく似ていた。

そのまましばらく、煮込むだけの時間が続く。

そうして、どれくらいか経った頃、だいぶ水の量が少なくなってきたので、私はそこで試しにスープを少しすすってみる。

すると、どうだ。根底《こんてい》には、よく知る豚骨の味がある。まぁ、それよりも先に一斉にえぐみが押し寄せてくるのだが。

それで私が顔をしかめていたら、

「……うむ、しっかりと灰汁《あく》をとって、えぐみを消せばいけそうだな」

同じく味見をしたハリドはひとり、納得したように首を縦に振っていた。

「すごい、お父さん分かるの？」

「あぁ、まぁな。父さんはもともと料理人だったんだ」

「え、そうなの」

「あぁそうさ。そこから好きが高じて、まずは色々な調理アイテムを作るようになった。その売り込みをしていたら、だんだんそっちのほうが楽しくなってな。で、母さんとの結婚を機に料理人はやめて、一本に絞ったんだ」

人に歴史あり、とはこのことだ。

家族なのに、初めて聞くその話に、私は大いに驚かされる。

が、まぁ考えてみれば、むしろ家族だからなのかもしれない。大きくなって仕事の話をするようになってからはいざ知らず、それより前に自分の親がどんな人生を送り、どんな仕事をしていたかまで知っている人は、そう多くないだろう。

「それよりリリーは、どうだ。この旅」

昔語りをするのが恥ずかしかったのか、五歳相手にするものじゃないと思ったのか。

ハリドは露骨《ろこつ》に話を切り替えてくる。

ここで、あえて話を引き戻すのは野暮《やぼ》というものだ。

「うん、すごく楽しいよ！　たくさん刺激的なことがあるし！」

「それは、今日の大会みたいなことか？」

「それもだけど、それだけじゃない。色々だよ、ほんと。ありがとうね、お父さん」

「はは、なんだ。改まって言われると照れるだろう。リリーに嫌われていないならよかったが」

「嫌う？　なんで？」

「いや、その、ほら。アルと違って、父さんの場合、リリーとここまで同じ場所で生活するのは初めてだろう？　いいお父さんできてるかなと思ってな」

「そんなこと？　気にしすぎだよ。嫌なわけないじゃん」

豪快にも思える見た目に反して、意外と小心者なのだから、面白い人だ。

「ほ、本当か？　それならいいんだが」

「本当、本当！　あ、でも、ひげでじょりじょりするのは嫌かも？」

「なっ……」

その後も、親子水入らずの話は続く。

その横で、鍋はぐつぐつと音を立てて煮え続けていた。途中、それがじゅわーという焦げる音に変わったら、水を足して、さらに煮詰める。

そうこうしているうちに襲い掛かってきたのは、眠気だ。

ワイルドオイル草の採取大会で、たくさん歩き回った疲れもあってか、身体が思うように動かなくなり、うとうととして、船をこぐようになってしまう。

そこでハリドが私に上着をかけてくれた。

「もういいよ、リリー。先に寝ておくといい」

「でも……」

「リリーたちは今日、もう大仕事を果たしたんだ。あとは、父さんの役目だな」

安心させてくれる一言だった。

同時に、彼は私の頭に手をやり、優しく撫で下ろすのを繰り返してくれる。

それでもう我慢がきかなくなって、私は眠りに落ちた。

そして、気づけば翌朝。

ぱっと目を覚ますと、私がいたのは宿のベッドだった。

横を見れば、ぐーすかといびきをかきながら、ハリドが眠っている。どうやら、いつのまにか連れて帰ってもらっていたらしい。

枕元に置いていた時計を見たところ、もうとっくに朝食の時刻だ。

そこで起き出して一階へと行くと、厨房の中にいたらしいアルバートに手招きをされる。

それに応えて、中へと入って、思わず声が出た。

「……豚骨スープだ」

そこには、ほぼほぼ想像したとおりの豚骨ラーメンの出汁ができ上がっていたのだ。

匂いも見た目も、昨夜見たときから大きく変わっている。

どうやらハリドはあれからも寝る間を惜しんで、これを完成させてくれたらしい。

自分も仕事で疲れていたにもかかわらず、だ。これがいいお父さんじゃなかったら、誰がいいお父さんになるんだか。

「いい匂いがするね。これが作りたかったものかい？」

「うん、これだよ。もう完璧にこれぞ豚骨ラーメン……じゃなくて、えっと、聞いたところによるとたぶん！」

味のほうも、十分すぎるくらいのできだった。

濃厚に仕上がった豚骨スープはコクがあり、麺にもよく絡む。あやうく、提出する前に飲み干してしまうくらい、旨味が詰め込まれている。

それを、胡椒や醤油で味を調えて、その日の昼過ぎ。

私たちはギルド長のもとへと持ち込む。

私としては、もうほぼ間違いないだろうという自信があった。

あるとすれば、本当は求められていたものが、全然ラーメンとは違う別のものだった――という可能性だが、そこはどうやら心配いらなかったようだ。

「うまい。とても、うまい。なるほど、これが……。なかなかにうまいな……」

スプーンで少し汁を飲んだだけで、ギルド長からはこの感想が漏れる。

麺をフォークに絡めて食べれば、もうそこからは会社の昼休みのサラリーマンくらい、何回もすするのを繰り返す。

これなら、拠点を置かせてもらえることも確実だ。

そんなふうに私は楽観視していたのだけれど――

「回答は少し待ってもらえるか」

すっかり食べ終えたあとに出てきたのは、この返事だった。

まさかまさかの保留である。

「どういうことですか。これではないのですか」

一週間、必死に探し求めたうえで、一晩徹夜までして作ったのだ。

ハリドがこう食い下がるのだけど、ギルド長は目を瞑って、聞かなかったことにしてしまう。

「……数日中には答えを出すから待っていてほしい。それと残りのスープや具材は置いていくように。審査をさせてもらいたい」

そして数日前と同様に、いや、今回は逃げるようにして打ち合わせの席を先々とあとにしてしまった。

「……なに、あれ」

ついつい、不満が口をつく。

なんて勝手なのだろう。

保留にするうえ、スープは置いていくように言うなんて。

もしかしたら、はじめから取引する気なんかなかったのかもしれない。

ただ変わった料理を食べてみたくて、ラーメンを食べてみたかっただけ？　私は憤《いきどお》りを覚えて拳を握りしめるのだけれど、ハリドは私の頭にぽんと軽く手のひらを置く。

「いいんだ、リリー。女の子が怒ってたら、可愛くなくなっちゃうぞー。父さんは、リリーには笑っててほしいな」

「……でも」

「なにか考えがあってのことかもしれない。まずはその数日とやらを、待ってみよう」

「そうだよ、リリー。まだ怒るには早いかな」

アルバートもハリドに同じて、優しい笑顔でこう宥《なだ》めてくれる。

それで私も鉾《ほこ》を収めることにしたのだけれど。

事件は、その数日後に起きることとなった。

◇

その数日が経過した日。

私は朝、シロの散歩に出たのち、昼からは宿でアルバートとハリドと商品企画の案出しを行っていた。

ギルド長からの回答が、いつもらえるのか分からなかったため、宿にいるほか、行動のしようがなかったのだ。

かといって、団らんしていられるほど落ち着ける状況でもない。

そこで、宿特有の窓際にある謎スペースにて、打ち合わせを行う。といっても、実質的には雑談に近い。ほかの従業員がいないことや、回答を保留にされた状況ということもあり、みんながみんな、集中しきれなかったのだ。

そこへついに扉がノックされた。

「あの、メルシエ様。外に訪問者様がいらっしゃいますが……」

どうやら、いよいよ審判《しんぱん》のときが来たらしい。

私たちは三人と一匹で顔を見合わせて、互いに頷き合う。

「あぁ、ギルドの方だろう。入れてしまって構いませんか？」

それで、ハリドが扉の外へ向かって、こう答えるのだけれど、その反応はどうにも芳《かんば》しくない。

「え、えぇ、私どもは。ですが、あの、いらっしゃっているのはギルドの方ではないかと」

「ギルドじゃない？　あぁ、ではいいです。俺から確認しに行きますよ」

ハリドは分からないなというように首を捻りながらも席を立ち、部屋を出ていく。

「なんだろうね？」

「さぁ？　分からないけど、父さんに任せておけばいいよ。僕たちは少し休もうか」

「……うん」

なんとなく。本当にただなんとなく、私は不穏な空気を察する。

根拠はないのに胸がざわざわして、私が少し俯いていると、窓際で丸まっていたシロがこちらへ寄ってきて、私の近くで丸まり、こちらを見上げる。

『リリー、大丈夫？』

「うん、シロ。心配しないでね」

と私は答えるものの、心臓がばくばくと跳ねるのは止められない。

それで、いてもたってもいられなくなって、私は立ち上がった。

「リリー！　どこに行くんだい？」

アルバートがこう声をかけると同時に引き留めてくれようとするが、私はそれを振りきり、部屋の外、廊下へと出る。

そこから宿の玄関先を見れば、そこにいたのは、街中でやたら見かけると思っていた衛兵だ。

「……衛兵がうちになんの用だろうね」

これには、私を追って、同じく部屋から出てきたアルバートが怪訝な声で言う。

それでどうしても気になって、私は窓を少し開けて、その話に聞き耳を立てることとする。

「あの麺料理を誰が作ったか、だって？　そりゃあ、俺たちだが」

「たち？　というと、ほかにも人がいるのですか」

「俺の家族だが……それがどうかしたのですか」

「はい。聖女様がそれを食べられて、いたく感心されまして。これを作られた人にぜひお会いしたいと。ちょうど、この街にいらしております」

聖女様。

そのワードを聞くのは、実に五年ぶりのことだった。

茉莉と一緒にこちらの世界へ転生してくる際、女神様から聞かされた言葉が今になって蘇ってくる。「聖女となって、世界を救え」とか、たしかそんなことを言われたのだっけ。

だが、しかし。私は聖女ではなかった。とすれば今の聖女というのは——

「こちら、聖女、マツリ・コマツ様からの親書でございます。どうかお受け取りを」

やはり、こうなる。

ほかの誰かかもしれない、とほんのり抱いた淡い期待は、一瞬にして裏切られた。

五年前、私と同じタイミングでこちらに来た茉莉は、やはり聖女としてこの世界に迎えられていたらしい。

同姓同名……なわけもない。別の世界に来ても、いっさい名前を変えていないあたり、間違いなく、あの茉莉だ。

衛兵がやたら多かったわけも、ギルド長がうろ覚えの豚骨ラーメンを食べたがっていたのも、彼女のためだとすれば納得がいく。ギルド長はきっと、茉莉に振る舞うために、私たちに作らせたのだ。

保留にされた理由は、彼女が見ない限り、本物かどうかの判別がつかないからだろう。

嫌な方向で、全部が繋がってしまった。

「聖女様はご多忙ですので、明日以降、領主の城まで馳せ参じていただきます」

「は、はぁ……。えっと、ギルド長からはなにか伝言をもらったりはしていないのですか」

「あぁ、失礼。それについては、聖女様にお会いいただければその際に、とのことでした。では、明日、迎えに上がります」

衛兵はそう残すと、ひとつ敬礼をしてから去っていく。

それを見てからすぐに階段を降りて、ハリドのもとへと行けば、彼は受け取った親書に目を落として、眉間に軽くしわを寄せている。

「お、お父さん。なにが書いてあったの？」

その内容が知りたくて、私が上を見ながら、こう尋ねると、ハリドは私を抱え上げて、肩の上に乗せてくれた。

「どうした、リリー。そんな今にも泣きそうな顔して。あの料理を欲してたのが、聖女様だったみたいでな。単に、礼が言いたいって話が書いてあるだけだったよ。それも聖女様からだ。むしろ嬉しいことだな」

「……ほんとに？」

「あぁ。リリーが気にするようなことじゃない。呼ばれているのは、父さんとアルバートみたいだからふたりで行ってくるよ」

ハリドは私に笑いかけながら、空いた手で手紙を早々に折り畳み、襟裏のポケットへとしまってしまう。

見せてくれないあたり、本当はなにか別のことが書いてあったかもしれない。私も呼ばれていたのかもしれない。

そんな疑念が、私の頭の中には残った。

◇

茉莉がこちらの世界で、どういうふうに過ごしてきたのか。

私がそれを知りたくて、ハリドに聖女様のことを聞いても、彼は「知らない」の一点張りで、なにかを教えてくれることはなかった。

私に知られたら困るような話があるのかもしれない。

どうしても気になった私は、精霊魔法を使い、街にいた様々な精霊の力を借りて、街中の噂を集めることにする。

そうして、得られた情報はといえば、もうまんま私の知っている茉莉だった。

「五年前に来たのよね、たしか。王子との結婚話もあったらしいけど、ほかの公爵子息様ともできてたとか……。挙句は『私は誰かひとりのものじゃないの』って言ったらしいわ」

「城の役人を一斉にクビにしたこともあるみたいだぜ。たしか、自分が散歩に出たときに警備をつけなかったからとか」

「神託を得て、国を救うってのもどこまで本当なんだか。この間は、小さな町に自分の歓迎会をさせて、そのあと町が財政破綻したって……この辺にしておこうか。衛兵に聞かれてたら、怖いし」

「あぁ、悪口を言っていたら捕まるらしいぞ」

相変わらずの、めちゃくちゃぶりであった。それどころか、悪化をしているようにすら思う。

「パンがなければケーキを――」的な、歴史の授業でしか聞かないような横暴《おうぼう》なことを、彼女はそのままやっているらしかった。

わがまま放題で育ったお嬢様が権力を持つと、こうなってしまうようだ。

ハリドが私にマツリ・コマツのことを話さなかったのは、たぶんこのためだろう。

そんな横暴な人物に呼びだされたと知れば、私が心配してしまうから、口を噤《つぐ》んでいたのだ。

実際、私が寝床に入ったあと、ふたりは私が寝息を立てているのを確認すると、おもむろに起き出して、謎スペースにて対策会議をしていた。

「聖女・マツリ様は、一筋縄ではいかない相手だと聞くが……。豚骨スープの作り方だけさっと教えて、明日は早々に戻ってこよう」

「……父上、そう簡単にいきますでしょうか」

「簡単ではないだろうな……」

明日はいったいなにをされるのだろう。

茉莉は、元から常識がずれているし、聞く限りでは、聖女になってさらにずれているように思う。

もしかすると、ハリドに専属のラーメン職人になるよう強要してきたりするんじゃ？　なんて。

妙な想像を膨らませつつ、私がもやもやとしていたら、次の日。

朝から衛兵が本当に迎えにやってきて、ハリドとアルバートはそれについて、城へと向かっていった。

私とシロはといえば、お留守番だ。

『今日はお散歩も行かないの？』

少ししゅんとした様子のシロにこう聞かれて、私は「ごめんね」と応じて、その背中を撫でる。

「お父さんにここにいるよう言われたから、また明日にしよっか」

まぁ本当のところ、理由はそれだけではない。

こちらに来てからの私は、やりたいと思うことは、なんでもやってきたし、気になると思ったことがあったら、絶対に確かめた。いつもなら、こそこそとついていき、会話を聞きに行っているところだ。

ただ、茉莉が関わることとなれば、話は違う。

会いたくない、怖い。

ずっと避け続けていた過去のこともあったから、正直に言えば、そう感じていた。

ハリドとアルバートが今日なにを言われるにしても、もうメルシエ家が目をつけられてしまったのはたしかだ。

ならば、ほとぼりが冷めるまでは、とりあえずおとなしくしておこう。絶対に目をつけられないようにしよう。

茉莉が去ったら、それからまた動き出せばいいのだ。

◇

その日、ハリドとアルバートは昼過ぎになって、宿へと帰ってきた。

ふたりによれば、その日は本当にただ豚骨ラーメンについて褒められ、茉莉と少し話をしただけとのこと。

それ以上になにか求められるようなことはなかったようで、

「いや、どんなお姫様かと思ったら、意外とちゃんとしているみたいだな」

などとハリドは笑いながら評価をしていた。

まぁ茉莉は、とにかく外面がいいから、そう思うのも無理はない。

そのあたりの彼女は、本当にすごいのだ。よく知らない相手には決して毒を見せずに、美しい花だけを見せる。そんな技術を、彼女は天性のものとして獲得している。

まぁもっともアルバートはそこまでいい印象を持たなかったようで、

「……父上、油断はいけませんよ」

などと、険しい顔で漏らしていたが。

まぁアルバートのようなタイプが彼女を苦手とするのは、分かる気がした。なんとなくだけれど、合わなさそうだ。

「はは、アルバートは慎重だな。まぁなににしても、なにもなかったならよしだ。これで、こちらでの仕事も認められたんだ。さっそく取引に行こうか。売りたい道具もいくつかある」

問題というべきことは、起きていないようだった。

それどころかむしろ、ルナール商会としては完璧な結果ともいえる。

このアンソワレにおいての取引も認めてもらえたらしく、一部の大商会とは商談の場まで設けることができたらしい。

悪いことなどひとつもない。もうなんの心配もない。

私はそう思い込もうとはするのだけれど……、そううまくはいかなかった。

どうしても不安が付きまとってくる。

茉莉は、聖女なのだ。その力のほどは分からないが、私と同じような精霊魔法を使えるとしても、まず間違いなく、私より強力に彼らの力を引き出すことができるだろう。

となれば、思考や過去を盗み見られたり、私が実は湯本璃々であることも見抜かれたりしてしまうかもしれない。

そう思うと、どうしても怖さが勝ってしまい、シロの散歩にも、なかなか行くことができなかった。

「シロ、ごめんね。退屈だよね……」

『ううん、たまにはこういう日があってもいいよね』

心優しい子だ。なんていい子なのだろう。そう思うと同時に、そんな彼を拘束してしまっている自分が申し訳なくなってきて、

「ねぇシロ。私といて、幸せ?」

私はこんなことを聞いてしまう。聞くつもりじゃなかったのに、口から滑り落ちてきた。そんな感じだった。

そう、私についてきたから、彼は今ここに留まることになっている。

あのまま『灯の森』にいれば、自分の自由に動き回ることだってできたはずだ。暴れ回ったって、誰に文句を言われることはなかっただろう。

……が、しかし。

『もちろん。ぼくは、どんなときでもリリーのそばにいられたら、それだけで嬉しいよ』

シロはこう答えると、私のそばまでゆっくり歩いてきて、座り込む私の腰の周りにしっぽを巻き付けて、その場で丸まる。

それだけで、なにか聞いてくるようなこともなかった。

心はその優しさで、身体はそのもふもふの毛で包まれて、じわじわ温められていく。

ここまで安心できる感覚は久しぶりのものだった。最近はあまりよく眠れていなかったこともあり、私はそのままうたた寝へと落ちていく。

それから、どれくらい経っただろうか。

私を起こしたのは、夕日のオレンジ色——ではなくて。

どこからか漂ってくる、香ばしい匂いだった。その匂いは、過去に何度も嗅いだことがある気がするけれど、どうしても思い出せない。

それで、気になってしまって、私は立ち上がった。

『ふえ、どうかしたの、リリー』

「ううん、気にしないで寝てていいからね」

寝ぼけ眼のシロを置いて、私は廊下へと出て、外を見に行く。

そして、匂いの理由が分かった。

宿の目の前に屋台が出ており、そこではなんと、じゃがいものフライ——ポテトフライが揚げられているのだ。

お客さんはすでに、かなりの数が並んでいた。

なにせ、フレーバーまで選べる形式になっていたのだ。塩、ペッパー、バター、レモンなど、私としても気になるものが多かった。

どうやらこの世界でも、ポテトフライは人気があるらしい。

食べたい。そう思う気持ちが、むくむくと胸の奥から込み上げてくる。

なにせ、昔は好物のひとつだったのだ。某チェーン店でたくさん塩をもらって、あとから追い塩をして食べたのは、背徳的《はいとく》ながらいい思い出だ。

が、しかし、外に出たくはないという葛藤《かっとう》もあり、私はしばらく逡巡する。

ハリドもアルバートもまだ帰っていないようだったから、代わりを頼むことはできない。

じゃあその帰りを待とうかとも思ったのだけれど、

「そろそろ次に移動しますよ。あまり入荷できませんので、申し訳ありません」

そこへ聞こえてきたのは、こんな店主の声だ。

どうやら、移動する形式の店舗でやっているらしい。

どうりで、これまで見かけなかったわけだ。それに発言の内容から鑑《かんが》みるに、ここを逃してしまったら、次また見かけるのはいつになるやら分からない。

そこで私は思い切った。部屋に戻り、少ないお小遣いの入った小さなお財布を持ち出すと、宿の外へと出ていく。

ほんの少し、ちょっと並べばいいだけだ。それくらいなら、今でもできる。それをやれば、好物を手に入れることができる。

あの、外はかりかり、中はほくほくで、しかもパンチのある味を堪能できる。

そればかり考えていたから、私は背後から近づいてくるその陰に気づくことができなかった。

列の後方に並ぶやいなや、大人の力で持ち上げられる。

「や、いや、なに!?」

いつかは、これで振り返って、アルバートだった……ということもあったけれど、今回は違った。

振り返ってみれば、そこにいたのは知らない男だ。

私はすぐに魔力を使って、シロにこの状況を伝えようとするのだけれど、その前に、店の裏で控えていた立派な馬車籠の中へと強引に放り込まれる。

乱暴をするつもりはないようだった。馬車の中に入れられても、拘束されたりするわけじゃない。

ただただ、私を連れ去った男と正面から向き合わされる。

「……あの、帰してください。なんでこんなことされなきゃいけないんですか⁉」

私は男にそう訴えるが、彼がそれに答えることはない。

当然降りられるわけもなく、私は結局そのまま連れていかれる羽目になった。

そのまま、なにも分からず、馬車に揺られること、約三十分。

私は男によって馬車から降ろされる。

そして、そこで彼女に再会することとなった。

「ちょっと乱暴に連れてきちゃってごめんねー。どうしても、あなたに会いたかったの。心配しないで。ここは、アンソワレにある屋敷。そう遠くまでは来てないわ」

聖女、マツリ・コマツ。もとい、私の元同級生である小松茉莉だ。

その容姿は、ほぼまったくといっていいほど、変わっていなかった。

肩口でゆるりと巻かれ、遊びのある赤茶色のセミロングボブの髪と、同じ赤茶色をした潤みのある瞳。

そして着ている服の嗜好《しこう》もだいたい同じだ。自信があるからこそできる胸元を大胆に開けた服に、ふわふわのピンクを基調とした花柄のスカートで、ゆるふわに決めている。

彼女は、にこりとこちらへ笑いかけると、私の瞳を覗き込んでくる。

親しみを込めているのかもしれないが、ほぼ誘拐状態で連れてこられたのだ。それに、相手はあの茉莉だ。久しぶりの再会だからといって、笑顔は作れない。

私が表情をこわばらせていたら、彼女は私の前にしゃがみ込み、そこでは彼女は私の耳元に口を寄せてくる。

「あなたも転生者なんでしょう?」

そして囁くには、こうだ。

私はごくりと息を呑む。

やっぱり正体がばれているのかもしれない。そう思うと、身体が硬直《こうちょく》して身動きが取れなくなる。

「連れてきて」

それを察したのだろう、茉莉は従者《じゅうしゃ》にこう命じると、先に屋敷の中へと入っていった。

「こちらへどうぞ」

私は茉莉の従者に四方向を固められ、その状態で従者のひとりに無理に手を引かれて、中へと連れていかれる。

こうなったらもう、逃げ出すことは無理だった。

そのまま、大きな部屋へと入れられる。

茉莉は部屋の一番奥、豪奢《ごうしゃ》な飾りのついた、いかにも高級そうな椅子に脚を組んで座り、私を待ち受けていた。

そこから長い長い机を挟んでちょうど反対に置かれている椅子は、私が発案し、ルナール商会で扱っている子ども用の椅子だ。

そこに座れとばかり、彼女は遠くで手のひらを上に向けて促してくる。

「あなたたちは、もう下がっていて。ここからできるだけ離れなさい」

そのうえで彼女は自分の従者にそう命じた。それに対して、

「し、しかし。お守りするためには……」

従者の方々はこう戸惑ったような反応をするのだけれど、彼女は「もういいと言ってるでしょう！」と、ぴしゃりシャットアウトする。

「早く出ていきなさい。衛兵含めて、声が絶対に聞こえないくらい離れなさい。分かった？さもないと――」

「は、はい……‼」

機嫌が悪いときの茉莉の悪いところが全部出たような一幕だった。

従者の方々は、私を攫ったいかにも体格の大きい男まで、焦ったように出て行ってしまう。

そして私と茉莉は、一部屋だけで五十畳くらいありそうな広い部屋の中とはいえ、ふたりきりになった。

従者らは本当に離れたところに移動したのだろう、ほかの人間の息遣いすら感じられない。

重たい静寂が室内には落ちてくる。

「あなた、さっきの聞こえたでしょう。そうなんじゃないの？　それも、出身は日本。あたしと同じ」

そこへきて、茉莉がこう口を開いた。

かと思えば、部屋の奥に据えられていた椅子から立ち上がり、まるで女王様みたいなステップで、こちらへ一歩一歩と近づいてくる。

「安心して。まだこれは、あたししか知らないことだから。答えて？」

言葉が出てこない。唇が震える。

「ねぇ答えて？　答えないとどうなるか分かるよねぇ。賢いんでしょう、あなた」

追い打ちをかけるように繰り出されたのは、明白な脅しだ。

ぶるりと、身体の芯から震えが湧き起こってくる。

これが、昔から嫌いだったし怖かった。

普段の猫をかぶっているときはいい。ただ彼女は都合が悪くなると、いつもこうして上から目線に、自分の主張を押し付けてくる。

なにも変わっていない。それは、私もだ。

五年間経っても、その声を聴くと、黒い靄のようなものが心の内に垂れ込めてきて、心を縛り付ける。私は耐えきれなくなって、

「……はい」

つい正直に答えてしまう。茉莉はそれを聞いて、甲高い声で「あは」と笑う。

彼女特有の、耳奥に響くような残る笑い方だ。

「あは、やっぱり！　そうだと思った。豚骨ラーメンなんてもの作れるの、転生者しかいないもん。今日のポテトだって、それでぴんときて出てきたんでしょ？　まんまと釣れてよかったわ、さすがあたし。あれ、この国にはもともとジャガイモがなかったのを、外から持ち込ませたの。あたしの命令でね」

「……じゃあもしかして今日あそこに屋台があったのは――」

「あんたをおびき出すためよ。あんたの父親も兄も、口が堅いっていうか、平気で嘘つくんだもの。呼び出して問い詰めても、あの豚骨ラーメンは偶然思いついた、俺が作ったってそればっかり」

茉莉はふるふると首を横に振りながら、「お手上げ」といったように肩をいからせる。

全然、ただ雑談を交わして感謝されただけじゃない。ハリドもアルバートも、なにを言われたかをやっぱり隠していたのだ。

たぶん、私を心配させまいとしてくれたのだろう。

「でもさぁ、そんなわけないじゃんね。で、衛兵たちに色々聞き込みさせたら、どうもそれだけじゃない。あんたが豚の骨を要求して、賞品にしてもらってたっていうじゃない？」

私はなにも言い返せない。

それをいいことに、彼女はさらに続ける。

「現代日本みたいな便利グッズ、それこそあんたのその椅子とか、セパレートになったフライパンとかまで作ってるっていうんだから、それで確信したわけ」

どうやら、なにもかも調べられているらしかった。

となれば、

「それで、あんたさぁ……。もしかしてリリー？」

名前についてもばれてしまっている。

その言葉に私ははっと目を見開きかけるが、そこで意図して首を縦に振った。

「はい、私の名前はリリーですけど……」

「あー、違う違う。そういうことじゃなくて。じゃあ、あれだ。前世の名前は？」

「……坂倉凛子。五歳だった」

私はその場で、適当な名前を作り出す。茉莉はそれを聞いて、意外というように首を傾《かし》げた。

「あっそ……人違いか。まぁ色々全然違うしね」

私はその言葉にほっと胸を撫で下ろす。

会う前は、なんでも見通す力を持っていたりして……と警戒したが、わざわざこうして確かめてくることから考えるに、茉莉の中で、リリー＝湯本璃々とは結び付いていない。

そう判断したのは間違っていなかったらしい。

幸い、彼女と違い、私は転生時に見た目も年齢も大きく変わっている。

過去に、別で召喚されたことにすれば、ごまかしは効くはずだ。そう心の中で勝手に思っていたら、

「……年齢は、私も七年戻してもらったけど、見た目は変わらなかったし」

彼女はこう独り言をぼそぼそと口元で続け、一応は私の主張を受け入れてくれた。

見た目が変わらないと思ったら、この言いようだ。もしかしたら、聖女である彼女は女神様に頼み込んで、年齢を戻してもらったのかもしれない。

茉莉なら、いかにも言いそうなことだ。

彼女はここで、くるりと身を翻《ひるがえ》す。

それで、こつこつヒールの音を鳴らしながら戻っていくから、私はここで唾を飲み込み、

「えっと、それだけですか。なんのために連れてきたんですか」

ほんの少しの勇気を出して、こう尋ねた。

彼女はそれを聞くと、そこでぴたりと足を止める。それからくるりと身を返して、こちらへと歩み寄ってきた。

私は思わず数歩後退するのだけれど、すぐに壁に打ち当たってしまう。それを彼女は腰を屈めて、私に覆いかぶさるように、こちらを覗き込んできた。

そこに浮かぶのは、大きく両唇を吊り上げた明らかなる作り笑いだ。

「あなた、お姉さんの代わりに聖女にならない？」

投げかけられた言葉には、目を丸くせざるをえない。そして、その意味するところも掴めない。

「えっと、どういうこと」

私がこう聞けば、彼女は盛大に溜息をつく。

「あんた、見えるんじゃないの、精霊たち」

「えっと、それは」

「しょうもない嘘はつかないで。それはもう割れてる。私を呼んだ女神が言ってたもの。異世界から召喚された人は聖女として扱われるってね。それに、あんたの連れてる犬。あれも、本当は精霊獣でしょ。同じだから分かんのよ」

シロを精霊であると看破《かんぱ》されている以上、嘘をつくことはできない。

私は仕方なく、首を縦に振る。

「あたしさぁ、聖女やってるの、疲れたの。根本的に向いてないんだよね、こういう役回り。だから、あんた代わって」

「……な、なんで」

「だから疲れたのよ。そりゃ、最初はちやほやされて、たくさんの美形に囲まれて、ラッキーって感じだったけど、仕事も多いし、人間関係は面倒くさいし。王子は私に一目惚れしたとかで求婚してくるのはいいけど、あれやれこれやれって。それでうざくなって、公爵子息と浮気したら、怒ってくんの。ありえなさすぎっしょ。もう、今後は好きに遊んで暮らしたいの」

まくしたてるような語り口で始まったのは、いわゆる愚痴だ。

「でもまぁ、美味しいものは食べられるし、ちやほやはされるし。あたしみたいな、自由な人間じゃなかったら、いいんじゃない？　精霊の力を使って、神殿で神様から神託聞いて、伝えるのがメインだし。たまーに、瘴気の浄化とかにも駆り出されるけど」

「……そんな使い方したことないよ」

精霊魔法にそんな使い方があるとは、初耳だった。

私はほとんどなにも学ばないまま、とりあえず魔法が使えるようになったから、どんなふうな使い方があるのかはあまり知らないのだ。

「心配ないって。あたしも最初は意味不明だったもん。変な小さな動くものが見えるだけで」

「そんな人、ほかにもいるんじゃゃ……」

私がこう言えば、

「はぁ？　そんなの知らないけど、転生者なんでしょ、あんたも。しかも能力も似てる。なら、あんたも聖女くらいできるでしょ」

との無責任な返事があった。

たぶん茉莉はこれまでも押し付けられる相手を探していたのだろう。その中で、彼女は下調べの末、私にたどり着いたのだ。

あまりにも、勝手すぎる言い分だった。そもそも私を探すためにいったいどれくらいのお金、人を使ったのか。街中に大量にいた衛兵なども彼女のために用意されたと思えば、ぞっとする。

それもこれも、いつかは国を救うとされる聖女のため。

だから国はお金を出し、人も彼女に尽くす。だというのに、これだ。

苛立ちが私の中にふつふつとたぎってくる。それで両の拳を握りしめるが、その眼差しに捕らえられると、どうしても言葉が出てこない。

やりたいことをやって、言いたいことを言えるようになりたい。

そんなふうに思っていたが、やはり難しい。私が悔しさでいっぱいになっていると、

「決まりでいい？　あんな小さな商会の娘やってるより、幸せよ、知らないけど。あんな髭の親父と、女の子みたいな兄だけと暮らしてるより、好きなだけ好きなものに囲まれて過ごせるんだから。あぁ、あの犬ももっと可愛いのがいるわよ」

茉莉がこんなことを言い放った。

なにかが、ぷつんと途切れた瞬間だった。

ハリドは山の中で偶然見つけた赤子を大変だろうに迷わず拾ってくれて、本物の家族として迎え入れてくれた。詰めが甘いところがあるけれど、そこも彼らしくて、私は好きだ。

アルバートは兄として、育ての親として、いつもは優しく、ときには厳しく私に接してくれた。真面目すぎるし、なかなか本心を見せないけれど、そんなところも含めて好き。

シロは、たった一度助けただけで、仲良くなってくれただけじゃなく、私についてくるためにその力を解放して具現化までしてくれた。どこをとっても愛おしい最高の相棒だ。

そんな家族をくさすようなその発言は、さすがに許しておけなかった。

「……やめて」

掠れた小さな声ながら、ついに言葉が外へと出る。

いける、これなら言い出せる。私はぐっと顔を上げて前を向き、今日初めて茉莉と目を合わせる。

「ふざけんなっ！　自分勝手すぎるでしょっ‼」

そして思い切って、ふつふつと心の底でマグマだまりのようにたぎっていた気持ちを大きく叫んでやった。

これは想像していなかったのだろう。茉莉は身体を少しのけぞらせて、自分の肩を抱える。

それに対して私はといえば、自分から前へと踏み込んでいく。

「な、なによ、いきなり。なにか文句でもある？　あなた、あたしが聖女だって分かってのその態度ってことでいい？」

「その聖女をやめようとしてるくせに、なにが聖女よ！　聖女として扱われて気持ちよくなって、挙句の果てには飽きてやめる？　ふざけないで‼」

私は茉莉に言い返すことができていた。

これができたのは、もしかしたら、前世から考えても初めてのことかもしれない。

いつもなら、こういう機嫌の悪い態度をとっているときは、ひたすら宥めるのが私だった。

「この、クソガキ！　あ、あたしだって別に好きで聖女やってるわけじゃないんだけど」

「じゃあ、聖女であることを利用するのやめたら？　だいたい、聖女だから勝手できてるんだよ？　みんな、心があるの。やめたら、みんなが言うこと聞くわけじゃないよ？　周りから人がいなくなるよ」

「な、なに熱くなってるのよ。そんなの、あたしは可愛いから男なら誰だって――」

「そんな甘くないよ。聖女だから、その王子も公爵子息様もあなたを口説いただけだよ」

「……あー、うるさい、うるさい。とにかく、あたしはどうにでもなるの。おこちゃまには分からないのよ、そのへんのことは」

初めての言い合い、口喧嘩に発展する。

しかも、茉莉からすれば予想外の反撃だったのか、結構押すことができていた。

言いたいことは、まだまだあった。十年近く、自分の中に封じ込め続けてきた思いの丈が、私を駆り立てていた。

「ガキはもう黙りなさい」

だから、こう言われても止まらない。私がまだまだ抗議を続けようとしていたそのときのことだ。

いきなり背中側にあった扉が、素早くノックをされた。

「なによ、こんなときに‼　離れてなさいと言ったでしょう。なんなの、用件は！」

喧嘩中だったからか、茉莉は怒りを露わにしたまま、外へとこう答える。

「す、す、すいません！　しかし、どうしても伝えないといけないことがあって」

「なに」

「敵襲です‼　この屋敷が襲われているんです‼」

風雲《ふううん》急を告げる。

そんな言葉で表現するにふさわしい、まさかの展開だった。

◇

「は？　なに、どういうこと」

「言ったままでございます。マツリ様、この屋敷は今、包囲《ほうい》されています。逃げ場はありません」

「意味が分からない。襲撃？　なんで。というか、あたしがここにいることは、ほとんど誰にも伝えていないはずよ」

「そ、それが……。警備をしていた衛兵のひとりが情報を漏らしていたようで、えっと、襲撃の理由は……」

いかにも言いにくそうに、その報告者はここで少し言い淀む。

そこへ、開いた窓から聞こえてきたのは、

「マツリ・コマツは聖女じゃない。ただの悪女だ！　お前のせいで、こっちは人生狂わされてるんだぞ!?　絶対に逃がすな、捕まえて、俺たちと同じ苦しみを与えてやれ！」

なんて内容の怒号だ。しかも、結構な参加者がいるらしく、その声には「おー！」との声が続く。

それで、ばつが悪そうに、報告者は肩を小さくすぼめた。

要するに、周囲を囲んでいるのは、マツリ・コマツに対して不満を持っていた反乱分子ということになろう。

私としては、盛大に巻き込まれてしまった形だ。

「……はぁ。とっとと退治して。こんな茶番に付き合っていられないわ」

「しかし、マツリ様。なんでも相手はマツリ様以外の者は許すとかで、従者たちや警備担当の衛兵は巻き込まれたくないと、次々に逃げ出しております」

「は、はぁ⁉　金出して雇ってるのに？」

「……言いにくいのですが、私もこれで失礼いたします。家族がおりますので」

その報告者はそれだけ言うと一礼して去っていく。

茉莉が出口まで走ってきて「待ちなさい、あたしは聖女よ。あたしが死んだらこの国がどうなるか……」と怒鳴るが、報告者はそれを聞き入れず、そのまま走り去っていく。

どうやら、これでほぼ丸裸状態の屋敷に、私と茉莉だけが取り残されたらしい。

茉莉は深刻そうな表情で俯いていた。顔を上げたと思ったら、はんっと投げやりに笑って、もともと座っていた椅子へと戻っていく。その途中で、こちらに背中を向けたまま、彼女は口を開いた。

「……あなたも行けば？　あなたも、あたしと死ぬなんてごめんでしょ」

ここへきて、意外な言葉だった。

茉莉のことだ。私に対して、やつあたりでもしてくるかと思った。「お前を呼びつけるために、あたしはこの屋敷に来たんだ。責任を持ちなさい」とか。

だが、出てきた言葉は、逃げてもいい、そうも捉えられそうな言葉だった。

「私は……」

普通に考えれば、気が変わらないうちに去るべきところだ。

自業自得といえばそれまでの話だし、茉莉の横暴っぷりに巻き込まれて、せっかく得た第二の人生まで失うなんて、ごめん被《こうむ》る。

なんなら私だって、彼女には恨みを募らせている側の人間だ。いっそこれで彼女がいなくなれば、清々するだろう。

私は一歩、二歩と出口となる扉のほうへ近づいていく。

そして、開いた扉から廊下へと踏み出すと、そこで取った行動は……

開け放ちにされた扉を閉めるというものだ。

ぎいっと音を立てて扉が閉まると、外の喧騒が遠くなり、部屋には静けさが返ってくる。

そんな中、こちらを振り向いていた茉莉から漏れたのは、「は?」の一言だ。

「なにをやってるか分かってるの、あなた」

「分かってる。分かったうえで、私はここに残るの」

熟考《じゅっこう》のうえに導き出した答えを、私は茉莉に伝える。

「は……?　なんで。ばかなの」

そのとおり、そう思われても仕方がないし、自分でもそう思うから、私は「そうかもね」と応じる。

「意味が分からない。なに、実はあたしのことが好きとか?　ファンなの?」

「それもないよ。あるわけない」

私はまず、こうはっきり言い切る。

「このままあなたが死んだら、聖女がいなくなっちゃうでしょ」

「……自分のためってこと？　そこまでなりたくないわけ？」

「まぁ、なりたくないのはそうだけど、それだけじゃない。あなたが聖女だって言うなら、ちゃんと役目を果たしてもらわないと、って思ったの。国民の心の支えになるような、本当の意味での聖女としてね」

そのうえで、こう続けた。

別に、茉莉に対してなにか情のようなものが湧いたわけじゃない。

ただ死をもって罰したって、それでなにかが変わるわけじゃないのだ。私の中のわだかまりは、長い時間が経ってもずっと、心の淵《ふち》に留まり続けるだろう。

だったら、死んでもらってもしょうがない。

せめてここからやり直してもらって、立派な聖女になってもらうほうがいい。

迷惑かけられっぱなしで終わるなんてごめんだ。それはたぶん私だけじゃなく、この世界で彼女に関わったみんなが思っている。

だからせめて、まずは聖女として役割を果たしてもらいたかった。

そして、その過程で彼女が変わっていくのなら、誰かに向き合える人間になるのなら、それはそれだ。

だから、この選択をしたのだ。

「……変わったことを言うのね。悪いけど、そんなのどう頼まれたってやらないわよ。というか無理だし」

「無理って言うなら、私は無理やり連れてこられたからって言って、助けてもらうよ。残ったけど、一緒に戦うとは言ってないし」

「あなたねぇ」

茉莉がひとつ舌打ちをし、溜息をつく。

部屋の窓からは、灰色の煙が見え始めていた。しかも、今いる部屋と同じ階まで侵入者がやってきたようで、

「エセ聖女め、出てきやがれ‼」

との怒声が廊下では鳴り響く。

そんな中、茉莉はといえば黙り込んでしまうから、

「どうするの」

と、私が答えを催促すれば、茉莉はぐしゃぐしゃと自分の頭をかきむしり、振り乱す。

「あー‼」と、まるで獣が悶《もだ》えるような声をあげたあと、

「やればいいんでしょ。……一緒に戦って」

彼女はこう言った。

これで、言質《げんち》はとれた。納得した私はひとつ首を縦に振ると、まずは手近にあった窓を開けにかかる。が、しかし、子どもの背では届かない高さで、開けられない。

「な、なにをやってるの？　そんなことをしたら、ばれるでしょう」

「でも、精霊さんが入ってこれないと戦いにならないよ」

「……それはそうだけど」

「いいから手伝ってよ。届かないの」

茉莉はまだ戸惑っていたが、最終的には私に被さるようにして、窓を開けてくれた。

「魔法使うよ」

「それくらい分かってるわよ」

私は茉莉とともに、それぞれ手元に魔力を集めていく。集中するために私が目を閉じていると、

「……あなた、その量。どうなってるの⁉」

茉莉がこう漏らす。

「え。別に普通だよ？」

状況が状況だ。少しはいつもより力が出ているかもしれないが、別にいつもと比べて大して多いわけでもない。その大きさはやっぱり、だいたい大玉転がしのボール程度。

が、隣を見れば、茉莉の手元に集まっている魔力量は私より少なく、小さなスイカくらい。

聖女ならもっと魔力が与えられていそうなものだし、もしかしたら、調子が悪いのかもしれない。

「私がカバーするね」

私はそう言うと、今度は魔力を一気に窓の外へと放出していく。

すると、たくさんの精霊たちが窓の外から続々と集まってきてくれた。

風の精霊、この街へと来る際にその力を借りた綿毛の精霊、くるくると巻いたつるのような形をした植物の精霊、砂でできた小さなお城みたいな形をしているのは、砂の精霊だろうか。

とにかく、その種類も数も、これまでで一番多かった。

しかも、まだまだ集まってきている。

「さすが聖女様だね。こんなにたくさんの精霊に集まってもらえたの初めてだよ」

「……あたしのおかげなの、これ？」

「そうだと思うけど」

「いや、これ、あたしよりあなたの――」

と、そこまで茉莉が口にしたとき、いよいよ、足音がすぐそこまで近づいてきた。私は口元に人差し指を当てて、茉莉に静かにするよう伝える。

そのうえで、ふたり、扉の裏側に身を潜めることとした。

ほどなくして、大きな音とともに扉が開けられる。

「くそ、ここにもいねえのか‼　出てこい‼」

侵入者のひとりがこう叫んだところで、私と茉莉は頷き合い、まずは砂の精霊に魔力を与えて、砂を具現化した。

そして、彼らの視界を潰しにかかる。

「な、なにを……！」

すると彼らが声をあげようとするから、今度は口の中に、砂の旋風を突っ込ませてもらった。

それで、その男らはもごもご言いながら床にばたりと倒れる。

これで一安心かと思うが、そう簡単に事は運ばない。

男らの呻《うめ》き声を聞いていたようで、結局は次々と人が流れ込んでくるので、応戦するため、私は砂の精霊を目いっぱい手のひらに集めていった。

「私は全力で砂を集めるから、風起こしお願い！」

「あー、もう！　あたし、こういうの向いていないの！」

茉莉は不満そうに声を上げつつも、風の精霊を自分の手元に集めて、小さな竜巻を作り出す。

私はそこへ、砂の塊を放り込んだ。

すると、その威力は一気に増す。やはりふたり分の力というのは、かなり大きいらしい。

部屋の扉が砂嵐に巻き込まれて、ばきばきと割れる。壁がみしみしと音を立て始める。このままにしていたら、建物ごと壊しそうだったから、私は力を少し抑える。

が、それでも、十分すぎる効果があった。

「な、なんだ⁉　い、一旦退け‼」

こんな反撃を受けるとは、まったく想像もしていなかったようで、侵入者たちは次々とやってきては、すごすごと引き下がっていく。

このまま退けているうちに、なにか抜け出す方法を考えるほかない。

私はそう思っていたのだが、しかし。

「ちょ、もう無理……！」

不調らしい茉莉にここで限界が来てしまった。

風の勢いが弱まり、残っていた侵入者たちに、あっという間に周りを囲まれてしまう。

「ちっ、手こずらせやがってまったく。覚悟しろ、マツリ・コマツ！」

「横のガキも同罪だ。殺してやる‼」

いよいよ、大ピンチだ。男らは、剣を素早く抜き放つと、それを私に突き付けてくる。

「手上げろ！　その妙な魔法を使うのも許さねぇからな」

ここは、従うほかなさそうだった。

私が仕方なく先に手を挙げると、茉莉は相手を睨みつけながらも続いて手を挙げる。

「はんっ。あの聖女様がこんな姿たぁ、無様だな。殺してやる前に見られてよかったぜ」

剣先が顔へとどんどんと近づけられる。少し動けば、刺さってしまいかねない。

さすがに、怖かった。

でも、茉莉に感じていた恐怖を乗り越えた今、怯えてなにもできなくなるほどかと言えば、そんなことはない。

私にも剣は突き付けられているものの、男らの注意は、完全に茉莉に向けられていた。ただの子どもである私のことなんて、ついでとしか思われていないらしい。

だから、冷静になれば、この状況を打破するのは難しいことではなかった。

私は後ろ手から魔力を一帯に放ち、砂の精霊に力を与えると、彼らの足元にひっそりと砂を実体化させる。

そのうえで、強く耳を塞いで、目をぎゅっと瞑ると、いつか力を借りた綿毛の精霊に強く魔力を与えた。

「な、なんだ⁉」

「く、くそ、目がぁっ！」

室内で連続的に爆発音が鳴り渡る。

それも、かなりのものだ。近くで聞けば、耳を塞いでいても、きんきん鳴っていた。

そのうえで細かい砂は、目の中に入り、視界をも奪うのだ。その場にいた全員が明らかに混乱していた。

「ちょ、なんなの、これ！」

茉莉もひどく焦っているようだったが、仕掛けた私は冷静に対応できた。

「こっちだよ！」

目を瞑ったまま茉莉の手を引き、部屋の奥へと向かい、渦巻く砂煙の外へと出る。

あとは、もう難しいことではなかった。

襲撃者たちには見えていなくとも、私には精霊が見えているのだ。

私は続けて、つる植物の形をした精霊に力を与える。すると、元から長いつるがさらにうねうね伸びてきたから、襲撃者たちの手足、首をそのまま縛り付けてやった。

「くっ、動けねぇ……」

ここまできて油断はできない。

私は絞める力をさらに強くするよう、魔力を与え続ける。すると少しして、男たちの意識がばらばらと落ちていった。

最後のひとりが意識を手放したところで、今度は再び外に警戒するのだけれど、そこからはぱたりと後続がやってこなくなった。

「ふう」

やや荒っぽくなってしまったが、どうやら無事に、退治は完了したらしい。

散らかった部屋を見ながら、私はひとつ、ほっと息をつく。

「あなた、何者なの……」

「ただの幼女だよ。まぁ転生はしてるけどさ」

私は茉莉にこう笑みを見せる。

まるで、漫画みたいなセリフだなぁと言ってから自分で思っていたら、彼女がくすりと笑う。

どうやら少しウケたらしい。

「なにそれ、しょうもな。でも、やっぱりあんた似てるわ。あたしの昔の友達に。面白くないこと言うあたり。それとお節介なところ」

「え」

ま、まずい。窮地を脱して安心したせいで、少し素が出てしまっただろうか。

私が自分の軽薄さを呪っていると、廊下をなにやら駆けてくる音がする。それで、茉莉はすぐに警戒態勢に入るのだけれど、私は感覚で誰が来たか分かっていた。

廊下まで迎えに行くと……

『リリー‼　大丈夫なの⁉』

「わ、速い、速すぎるよ、シロ！　スピード落として！」

首元のスカーフをなびかせながら、全速力でこちらへ駆けてくるシロの姿があった。

私は大きく手を広げて、シロを出迎える。すると彼は勢いよく、こちらに飛び込んできた。

もちろん受け止めきれなくて、私は廊下に転ぶ。が、それでもシロはお構いなしだった。

『わぁん、リリー。よかったよぉ』

今に泣き出しそうな声で、ふわふわの頭を何度も何度も私の身体にこすりつけてくる。

「シロ、どうしてここが分かったの？」

『なにか買いに出かけたあと戻ってこなかったから、ハリドさん、アルバートさんと探しに出たんだよ。そしたら、リリーの魔力を感じて』

茉莉の力が影響したのだろうか。どうやら、先ほどまで使っていた精霊魔法の魔力は、街の方でも察知できるほどのものだったらしい。

「え、ということは、お父さんもお兄ちゃんも――」

「来ているぞ。今、階段を上がっているところだ」

後ろからぶっきらぼうな声で答えがある。

その声には聞き覚えがあって、まさかと振り向けば、そこにはなぜかライラットさんとリュカさん、冒険者コンビの姿があった。

「久しぶりだね～」

などとリュカさんは彼らしく、やたら親しげにこちらに手を振ってくる。

「え、なんでふたりとも」

「言っていただろう。任務でここに来る、と」

「……そういえば」

たしかに、ライラットさんとの別れ際、わざわざ伝えられた気がする。

「それで、どうしてここまで」

「ハリド様、アルバート様に頼まれたからな。それに——」

と、ライラットさんは部屋と廊下の境界線にいた茉莉へと目を向ける。

「この聖女様をお守りするのが、今回引き受けた任務のひとつだったから」

「あ、だからこの街に……」

「そうだ」

なるほど、そもそも私の動向に関係なく、茉莉はこの街に来る予定だったことを考えれば納得がいく。

聖女なのだから、護衛も一流でなくてはなるまい。まぁ今回はその護衛を、茉莉自身が引き離したことで、こんな事態になってしまったわけだが。

「なーんて。リリーちゃんのことも心配してたくせに。そもそも、俺たちの護衛は明日からだし」

「……余計なことを言うな。リュカ・リュミエール。それは、こいつがいなくなると美味いものが食えなくなるからであって……」

「あー、はいはい。いつものやつな」

ふたりは親しげに、ちょっとした口喧嘩を行う。

それを見て、くすりと笑っていたら、ライラットさんが「それより」と私のほうへと目をやってくるから、どきりとした。

わざと視線を外して、廊下にまで散らばる砂や、ばきばきに割れた扉の残骸《ざんがい》へと目をやるのだけれど、そんなことで許してくれるライラットさんじゃない。

「これは、お前がやったのか」

ばっちりこう聞かれてしまう。今度こそ言い訳ができないかもしれない。

それで私が答えあぐねていたら、

「……あたしよ。あたしがやったの」

なにを思ったのか、茉莉が腕組みをしながら、横からこうフォローを入れてくれた。

それでライラットさんは疑いの目を今度は茉莉に向けるのだけれど、そこでリュカさんが間に入る。

「まぁまぁ。ライ、そんな目はやめろ。すいませんね、聖女様」

彼らしい柔和な態度で、へらっと笑って、場をとりなす。

「おぉ、本当によかった、よかった！　リリー！」

「シロが突然走り出して驚いたんだよ？　でも、無事でなによりだけど」

そこへハリドとアルバートが駆けつけたことで、自然と話題が離れていってくれた。

緊迫した空気が一変して、和気藹々《あいあい》とした空気が流れる。

そんな中、茉莉は腕組みをして、ひとつ溜息をついた。それで振り向くと、彼女は小さく口を開ける。

「羨ましい」

ぼそりと呟かれた、彼女には似つかわしくない言葉を私は聞き逃さなかった。

なにが羨ましいか。それは私だけが囲まれているこの状況を見れば、わざわざ言われなくても、なんとなく分かる。

いつも無条件で人の真ん中にいた彼女には、一人ぽつんとしている今が、辛い状況だったのだろう。

受け入れられない事実だったのかもしれない。彼女はその独り言を最後に、廊下を歩き出してしまう。

「茉莉」

その背中へ私は思わず、こう呼びかけた。

もう「様」をつけることも忘れてしまっていたし、完全に昔と同じ呼び方になってしまったが、彼女はそれを指摘するでもなく、歩を止めないまま、手をあげるだけでこちらに応えた。

「……ちゃんと聖女、やってみるわよ。それが、あなたみたいになれる方法かもしれないしね。じゃあ、また」

一応、努力をしてくれるつもりになった……そう捉えてよさそうだった。

少しは変わるためのきっかけになってくれたのかもしれない。

私は離れていく彼女の少し丸まった背中を、微笑みとともに見送る。

また。その言葉が、今やもう不思議と嫌ではなかった。

また次があるとしたら、どんなふうに彼女が変わっているのか、楽しみなくらいだ。

だから、大きく「うん」と返事をするのだけど、その頃にはもう角を曲がって、姿が見えなくなっていた。

「おいおい、勝手な聖女様だなぁ、まったく。行くぞ、ライ。もしなにかあったら大変だ」

「……仕方がないな」

リュカさんとライラットさんがすぐに、その後ろを追いかけていく。

結局、まだ勝手なところは健在だ、これは。

まぁすぐに変われるわけではないから、そこはこれからにすると期待しよう。

◇

羨ましい。

みんなから心配され、笑顔を向けられるリリーを見て、そんなふうな言葉が口から漏れたのは、茉莉自身としても、驚いたことだった。

幼い頃から茉莉は常に、憧れられる側の人間だった。容姿にしても、家柄にしても、他人に劣ると思ったことはあまりない。

常に自分が一番で、そのことに満足していたし、誰かに憧れることなんてない——はずだったのだが。

心の奥では、どうやら違ったらしい。

そうして改めて振り返れば、昔から何度も同じような気持ちになったことがある。

たとえば中学のとき。茉莉には、ろくな友達がいなかった。

周りから見れば、そんなことはなかったと思う。たくさんの人に囲まれていたし、クラスの中心にいて人気者だったと自負している。

だが別に、特別彼女たちと仲良くするつもりはなかったし、向こうもなかったと思う。お互いにクラスの中での序列を気にして、自分の立場を高い位置で保つために付き合っている。ただそれだけだった。

そんなときのことだ。

教室の端で、純粋に楽しそうに笑う、自分より格下と思っていた女子たちを見て、茉莉は淡い憧れのようなものを、ほんのりと覚えた。

自分もあの輪の中に入れたら、そんなことを考えたりもした。

しかし、そのときの茉莉は結局、そんな考えはくだらないものだと断じた。

あんなのは、馴れ合っているだけだ。

自分のほうがすべてにおいて恵まれているのだから、こちらが羨ましがる必要はない。そう、その感情に蓋《ふた》をした。

そして代わりに強くなったのは、自分が特別だという意識だ。

別に、対等な立場で付き合える人間がいなくてもいい。

自分と他人とでは、生まれからして決定的に違うのだから、自分は優遇《ゆうぐう》されて当たり前で、ちやほやされて当然だ。

本気で、そう思うようになっていった。

その結果として、常に人に囲まれ、華やかに見える人生を送ってきたのに、心から信頼できる人間は、ほとんどいない。

それは相手にとっても同じようで、みんな最後には茉莉から離れていく。

中学、高校、大学のクラスメイトたちとは、卒業したらすぐに疎遠になった。

唯一、高校・大学と一緒だった湯本璃々は長い時間を過ごしてこそくれたが……茉莉はそんな璃々のことすら下に見ていた。

自分が、なによりも一番。

その考えは、異世界に飛ばされてから、より強くなった。

なにせ、国を救うとされる聖女になったのだ。

立場だけで言えば、これまでもっとも高く、好き勝手もできた。この世の大概のものは、金でも男でも住居でも、どうにでもできた。

もう手に入らないものはない。この世のすべてを手に入れた。

そんなふうにさえ茉莉は思っていたのだけれど、思わぬ窮地におかれて、それが幻想だったと突き付けられた。

聖女＝最上位の立場であるところの自分は、部下に裏切られ、殺されかける一方、ただの幼女であるリリーは、みんなから心配されて、再会を泣いて喜ばれる。

そんな光景を目の当たりにしたとき、茉莉の脳内には、中学のときに見たクラスの女子たちが楽しげに談笑する光景が頭に浮かんだ。

そして思わず、

「羨ましい」

こう呟いてしまったのだ。

自分がこれまでに積み上げてきた価値観が、根底からひっくり返された感覚だった。

茉莉は、誰がどう見ても特別な存在だ。それを否定する人はたぶんいない。本当の意味で、みんなの憧れで、ほかの誰かにはなることのできない存在になれたと思う。

だというのに、結局、自分が本当に欲しかったものは、手にできていない。ここへきて、そう気づかされたのだ。

自分もリリーみたく、本当の意味で、誰かと繋がりたい。

そう思ってしまっていた。

ただ、じゃあどうすれば彼女のようになれるのか、茉莉には答えがなかった。

分かっていたのは、今のままではいけないということだけだ。

だから、茉莉はとりあえず、リリーの忠告を聞き入れることにした。

自分勝手にならず、相手のことをきちんと考えたうえで、ちゃんと聖女をやってみれば、気づけることもあるかもしれない。

うまくいくかどうかは分からない。もしかしたら、もう遅すぎて、これまでの積み重ねから、人に恨まれ続けることもあるかもしれない。

でも、まずはやれることを自分なりにやってみるしかない。

そんなふうに思い直しながら、茉莉はリリーたちに背を向けて、その屋敷を後にした。

◇

ずるずる、ずるずると。

ひたすらに麺をすする。そして思い出したように、卵と魔物肉チャーシューを少し口にして、またすする。

そして、味変には胡椒を少々。これがまた、フォークの手を止めさせない。朝からでも、いくらでもいける。

食べているのは、もちろん豚骨ラーメンだ。

ギルド長に作ったときは、味見程度にしか食べていなかったから、初めて、まともに食べさせてもらっていた。

「おー、リリー。どうだ、うまいか？」

と言うのは、ハリド。彼が私のために、再び骨を炊いて、スープ、チャーシューまでを作ってくれた。

あれだけ面倒だったにもかかわらず、だ。

いわく、行方不明扱いされていた私が見つかったことと、それから無事だったことのお祝いらしい。

「うん、最高だよ！　聖女様が美味しいって言うわけだね！」

「その聖女様のせいで、とんでもない目にあったのは忘れたのか、リリー」

「あはは……。まぁね。でも、別にただお話してただけだし」

実際は、なかば誘拐されたわけだが、その件は伏せておく。

あのあと一応、事態は丸く収まったのだ。

襲撃犯たちはその後、衛兵らによって、軒並み捕縛され、火事も収まり、屋敷は焼けずに済んだし、死者は結果的に出なかった。

しかも襲撃犯たちは、情状酌量《じょうじょうしゃくりょう》の余地があるということで、軽い刑で済んだとのこと。

国の宝たる聖女を手にかけようとしたのだ。普通なら即死罪に問われるだろうから、たぶん茉莉が計らったのだろう。

少しは心を入れ替えた。そう見てもいいだろう。前までの彼女なら間違いなく、こんな穏当《おんとう》な処分は下していない。

だから、誘拐くらいはなかったことにしておいてやる。

それよりも、今はラーメンだ。

私がまたすするのに戻ると、

「リリー。もう少し丁寧に食べたほうがいいよ」

私の前の席で同じくラーメンを食べていたアルバートからは、こう苦言を呈される。

彼はまるでパスタのようにスプーンの上でフォークを回転させて、巻き付けると、丁寧にスープをすくう。

「それに、よくこうやって噛まないとだよ？」

そして一口ずつ、味わうように食べるのだ。

その食べ方のほうが一般的じゃないし、伸びそうだとも思うのだけど……それはこの世界で言ってもしょうがない。

そもそも、この世界には箸がないからフォークでラーメンを食べているが、そんな文化だって、現代日本なら名古屋以外にはないのだ。

郷に入っては郷に従えと言う。

仕方なく私もとりあえずはそれに従おうとしたのだけれど、

『あー、美味しい、美味しい！　魔蛇の肝ってこんな味がするんだねぇ。もっと食べたいよ』

豪快に、塊のチャーシューにかじりつくシロを見て、やっぱりやめた。

私もせっかくなら豪快に食べたい。それも、ラーメンという食の醍醐味である気がするのだ。

結局、がつがつとすすりにかかる。胡椒もどんどん振りかけ、挙句はひとりでむせかえる。

「……リリー、君は本当に」

アルバートには呆れられてしまうが、もう止まることはできなかった。

彼はいよいよ私の手を止めようとさえしてくる。

しかし、

「ふたりとも、仲がいいのは結構だが、そろそろ食べ終わらないと出発に遅れるぞ」

そこへハリドがこう言って、渋々引き下がっていった。

おかげで私は、好きなだけ麺をすすり、前世のラーメン屋よろしく、さっと完食する。

それから片付けを始めると、数時間後には忙しく馬車に乗り込んでいた。今日で私たちは、このアンソワレの街を出る。ハリドによれば、今度は別の街での家具、雑貨市に参加するのだとか。

そして、それには、すみやかにここを発たなければ、間に合わないらしかった。

「よし、なんとか時間どおりだな。とりあえず、出発しようか」

馬車の中、ハリドが私とアルバート、それからシロの顔を見て、にっと笑う。

それに全員が一斉に頷けば、ハリドの指示で馬車は動き出した。そして、ゆっくりゆっくりと加速していく。

車窓から流れる見慣れない景色を眺めるとともに覚えるのは、幸せだという実感だ。

もうなににも縛られたりしない。これからも旅を続けて美味しいものを食べて、やりたいように生きよう。

私は、ラーメンの残り物であるチャーシューをもぐもぐとつまみに食べながらも、そんなふうに心を固めるのであった。

あとがき

ベランダでプランター栽培していたナスとピーマンで、命運が別れました。

ピーマンはどんどんと実をつけて、小さいものの何個も採取することができたのですが、ナスの方はといえば、全然うまくいかず……。

花はぽつぽつとついてくれて、朝に水やりをするたびに、「お？」と思うのですが、次の日の朝に見てみれば落ちていたり、しおれていたり……。

一方のピーマンは、夏の盛りこそ元気がなかったのですが、少し暑さが和らいで、秋が近づいてくると、ナスとは対照的に、次々に花を咲かせて、実をつけてくれました。

そんなナスとピーマン。

私たち家族がどちらを気にしていたかといえば、圧倒的にナスのほうでした。

本来、たくさん実をつけてくれるピーマンのほうを好きになるべきなのですが、親心というか、できないからこそ可愛いというか。

ベランダを確認するたびにまず見るのは、ナスのほう。肥料をまくにしても手入れにしても、まずはナス。子育てだったとしたらきっと、ナスへの過保護ぶりに愛想をつかしたピーマンのほうが、ぐれていたと思います。足があったならたぶん、ベランダから逃げ出していたことでしょう。口があったら、抗議演説が行われていたかもしれません。

と、そんなプランター栽培の話はさておき。

申し遅れすぎましたが、たかた　ちひろ　と申します。

色々な作品を読み書きするのが好きで、ライトノベルの男性向け、女性向けはもちろん、文芸ものまで色々と書かせていただいておりますが、今回のような赤ちゃん転生ものは実は初めて手がけました。

昔からやりたい気持ちはあったのですが、挑戦のきっかけを得られずにいたところ、チャンスをいただいたグラストノベル様には、ここでお礼を述べさせていただきたいと思います。

「挑戦」というのは、本作の主人公・リリーにとってもキーワードの一つになっています。しがらみとか常識とか、そういうものに囚われず、まずはなんでもまずはやってみる。

色々なものを乗り越えた先で、果敢にチャレンジする主人公を好きになってくれましたら、とても嬉しいです。

またリリーみたいな強い女の子を書きたいなぁ、と思いますので、面白かったら、ぜひ周りにも勧めてみてください。どうか、なにとぞ、お願いいたします！（土下座）

というわけで、今回はお手に取っていただき、ありがとうございました。

皆様の健康と、ナスの豊作を祈念して、あとがきを締めたいと思います。ではでは〜。

たかた　ちひろ

前世不運な私、巻き込まれ転生で幼女になる。
～平凡だけど、精霊魔法と優しい家族がいれば最強だよね？～

2025年2月28日　初版第1刷発行

著　者　たかた　ちひろ

発行人　菊地修一

発行所　スターツ出版株式会社

〒104-0031　東京都中央区京橋1-3-1　八重洲口大栄ビル７F
TEL　03-6202-0386　(出版マーケティンググループ)
TEL　050-5538-5679(書店様向けご注文専用ダイヤル)
URL　https://starts-pub.jp/

印刷所　大日本印刷株式会社

ISBN　978-4-8137-9421-9　C0093　Printed in Japan

[たかた　ちひろ先生へのファンレター宛先]
〒104-0031　東京都中央区京橋1-3-1　八重洲口大栄ビル７F
スターツ出版(株)　書籍編集部気付　たかた　ちひろ先生